एड

ग्रामीण डॉक्टर के रोमांचक किस्से

डा। थॉमस टी थॉमस

अनुवादक: नूपुर धींगरा

संपादित एवं प्रारूपित: सुभाष चंद्र शर्मा

9825128475, authorsubhash@yahoo.com

बुक कवर + बुक स्वरूपण: रंजीत जोस

(+919108998001 / ranjitjos@gmail.com)

समर्पण

यह पुस्तक मेरे माता -पिता,

श्रद्धेय श्री टी थॉमस एवं,

स्वर्गीय श्रीमती अन्नम्मा थॉमस

को समर्पित है।

अनुक्रम

1.   क्रिसमस की, रात एक अनचाहा जन्म

"आपके कहने का मतलब है कि इसमें कुछ भी गलत नहीं है, और सब कुछ सही है, डॉक्टर साहब?!" मेरे सामने आते ही उस युवक का चेहरा निराशा और पीड़ा से पीला पड़ गया था। किसी ऐसे व्यक्ति से उस तरह की प्रतिक्रिया की उम्मीद नहीं की जा सकती, जिसे बताया गया था कि उसकी पत्नी ने अभी-अभी एक स्वस्थ, सुंदर लड़के को जन्म दिया था। वह खुश नहीं बल्कि हैरान था।

उसने फिर से सवाल किया, "क्या आपको यकीन है? क्या उस बच्चे का जन्म समय से पहले नहीं हुआ है?"

मैंने उससे झूठ बोलने के विचार को खारिज कर दिया, क्योंकि मैं अच्छी तरह से जानता था कि यह सही नहीं होगा।

क्रिसमस - 1987, एक ठंडी रात थी। मैं केरल की दक्षिण-पूर्वी सीमा के पास पहाड़ी जंगलों के बीच बसे एक सुदूर गाँव चित्तर में कार्यरत था। उन दिनों, प्रसिद्ध सबरीमाला मंदिर में नंगे पैर चलने वाले अधिकांश तीर्थ यात्री इसी गाँव से होकर गुजरते थे। मैं वहाँ एक मिशन अस्पताल में एक अनुपम पद पर अधिशासी चिकित्सक के तौर पर काम कर रहा था। अनुपम क्योंकि वहां केवल दो डॉक्टर थे, मैं और दूसरी मेरी पत्नी, डॉ जेसी।

चित्तर एक बस्ती के रूप में विकसित होने लगा था। इसे रैनी और पठानमथिट्टा से एक निजी बस जोड़ती थी, जिसमें दिन में दो यात्राएँ होती थीं- एक सुबह और दूसरी देर शाम। टेलीफोन का किसी व्यक्ति के पास होना एक विलासिता थी, और बहुत संपन्न लोगों के पास ही हुआ करता था। चित्तर के भीतर लोगों से जुड़ने के लिए टेलीफोन उपयोगी था, लेकिन अगर आपको बाहर किसी से संपर्क करने की आवश्यकता है, तो आपको ट्रंक कॉल के लिए टेलीफोन एक्सचेंज से बुकिंग करनी होती थी, जो कि आपके भाग्यशाली होने पर आठ से दस घंटे के भीतर मिल सकती थी। आवश्यकता पड़ने पर आप एक त्वरित कॉल के लिए बुकिंग कर सकते थे, जिसमें बहुत ज्यादा खर्च होता था, फिर भी अक्सर, इसमें कई घंटे लग जाते थे। नगर क्षेत्र में और उसके आसपास

बिजली उपलब्ध तो थी, लेकिन जब आंधी आती थी, तो अंत में कई दिनों तक बिजली बाधित रहती थी। हम हर सुबह होने वाली घटनाओं के बारे में जानकारी रख सकते थे, क्योंकि पिछले दिन का समाचार पत्र, दस बजे तक वितरित किया जाता था।

कैरोल समूह के शोर-शराबे से अचानक जागने के बाद, मैं फिर से सोने के लिये लेटा ही था। उन्होंने दो गाने गाए थे, पूरी तरह से बेसुरे। समूह में हर एक व्यक्ति गीत को अपने अलग तरीके से प्रस्तुत कर रहा था। उनमें से कोई भी सुर में नहीं गा रहा था। अंत में, उन्होंने मुझसे बीस रुपये मांगे और उनके उस शोर को बर्दाश्त करने के लिए मुझे इसे एक दंड की तरह स्वीकार करना पड़ा। मैं खुद को अपने उन खूबसूरत दिनों को याद करने से रोक नहीं पाया जब मैं त्रिवेंद्रम मेडिकल कॉलेज में छात्र था, और छह युवाओं के एक अपने कैरोल समूह में बिना किसी इनाम के बुजुर्गों के घरों में प्रस्तुति देता था और यही सोचते हुए, ना जाने कब, मेरी आंख लग गयी।

पास के अस्पताल में एक जोरदार जीप की आवाज से मैं फिर से जाग गया, उससे पहले कि दरवाजे पर एक अनचाही दस्तक होती और मुझे जाना पडता, मैंने एक झपकी लेने के लिए करवट बदली। चाकोचन, हमारा पहरेदार और चपरासी, जल्द ही मुझे लेने आने वाला था। एक वफादार, सरल स्वभाव का बुजुर्ग

आदमी था। वह मुझे रास्ते में अपनी भारी मशाल की रोशनी में अस्पताल तक ले जाता था। उसकी समय पर चेतावनी ने एक से अधिक बार मुझे अंधेरे में जहरीले सांप को रौंदने से रोका था।

जब दरवाज़े पर जोर से दस्तक हुई, तो बहुत जोर से हुई। यह महसूस करते हुए कि कोई आपात स्थिति थी, मैं जल्दी से दरवाजे की ओर दौड़ पड़ा।

"साहब, जल्दी कीजिए, एक नया रोगी अस्पताल में आया है। एक लड़की सात महीने की गर्भवती है, लेकिन उसे बहुत दर्द हो रहा है।" नौकरी के इतने वर्षों ने चाकोचन को सटीक रिपोर्टिंग करने में सक्षम बनाया था। मैं जल्दी से पतलून और एक टी-शर्ट पहन कर उसके पीछे दौड़ा।

"अस्पताल जाना है, कुछ आपात की स्थिति है," मैंने जेसी को बताया और जाने लगा। रात की अस्पताल कि जिम्मेदारी मेरी थी। क्योंकि मैं चहता था कि जेसी कम से कम रात में आराम करें, क्योंकि पिछले हफ्ते, हमें पता चला था कि वह अब हमारे दूसरे बच्चे को जन्म देने वाली है, यह उसके लिए अच्छा था। दूसरी और मेरा दो साल का बेटा अजू गहरी नींद में सो रहा था।

चाकोचन के पीछे तेजी से चलते हुए, मुझे सभी संभावनाओं के बारे में सोचने का मौका मिल गया। मेरे दिमाग में

सबसे पहले असामयिक प्रसव था। अगर ऐसा हुआ तो मैं सोच में पड़ गया कि मैं बच्चे को कैसे सम्हालूंगा? मुझे उम्मीद थी कि उसके परिवार वाले उसे उचित सुविधाओं वाले अस्पताल में ले जाने के लिए संपन्न होंगे। निकट तम शहर, जहां एक बाल रोग विशेषज्ञ उपलब्ध होगा, वह पैंतीस किलोमीटर दूर था, लेकिन उस खराब सड़क से जाने में उन्हें कम से कम डेढ़ घंटे का समय लगेगा। इस बात की पूरी संभावना थी कि उन्हें और तीस किलोमीटर दूर तिरुवल्ला भेजा जा सकता है, जहां नवजात शिशु के लिये आईसीयू सुविधाएं उपलब्ध होंगी। सबसे अधिक संभावना थी कि उसके रिश्तेदार अपनी खराब स्थिति का हवाला देते हुए, यहाँ ही बच्चे के प्रबंधन पर जोर देंगे। मुझे याद आया, लगभग एक साल पहले, हम सिर्फ 1.2 किलोग्राम वजन वाले और समय से पहले आने वाले बच्चे को बचाने में सफल रहे थे, जिसकी हमारे अपने अस्थायी नवजात शिशु आईसीयू में ही देखभाल की गई थी, जिसमें एक काम चलाऊ इनक्यूबेटर था और जिसमें एक पालना होता था तथा गर्म पानी की बोतलें होती थीं, जो चारों ओर ऊन से भरे हुए कपड़ों के नीचे रखी जाती थीं। लेकिन ऐसा भाग्य हमेशा नहीं होता, मुझे उम्मीद थी कि यह दर्द कुछ अन्य कारण से हो सकता था- जैसे मूत्र पथ का संक्रमण। फिर मैंने सोचा, क्या यह एपेंडिसाइटिस हो सकता है? एक और अशुभ संभावना यह भी थी कि ये एक असामयिक गर्भावस्था भी हो सकती थी, लेकिन मैंने

इस संभावना को नकार दिया था क्योंकि वह लडकी अभी सात माह की गर्भवती थी।

इन्हीं विचारों के साथ मैं लेबर रूम में पहुंचा। एक अलौकिक सी चुप्पी थी। एक युवा, ओर बहुत ही सुंदर महिला जिसका नाम सैली था, वह केवल 19 साल की थी, ये उसकी फाइल में लिखा था जो पलंग के पास रखी मेज पर थी। वह बहुत दर्द में थी, उसके दांत जकड़े हुए थे ओर वह पास ही रखी लकड़ी की बड़ी मेज के किनारों को कसकर पकड़ कर लेटी हुई थी जो कि हमारे प्रसव के दौरान काम में आती थी। मैंने जल्दी से उसके पेट का निरीक्षण किया और मैं इसके आकार को देखकर हैरान हो गया था। सात महीने के भ्रूण के लिए गर्भाशय बहुत बड़ा था। मैं सोच में पड़ गया, क्या यह जुड़वां बच्चे हो सकते है? मैंने धीरे से उसके पेट को सहलाया, पर मैं एक जुड़वां गर्भावस्था में हमेशा की तरह विभिन्न अंगो की पहचान नहीं पा सका। मैंने एक जोड़ी दस्ताने पहने और योनि परीक्षण के लिए आगे बढ़ा। उसकी झिल्ली पहले ही टूट चुकी थी, और एमनियोटिक द्रव स्वतंत्र रूप से बह रहा था। मैं स्पष्ट रूप से एक विकसित सिर और घने बालों को महसूस कर सकता था। मैं अचंभित हुआ ओर सोचने लगा, यह समय से पहले का बच्चा कैसे हो सकता था?

"आपके आखिरी पीरियड्स कब हुए थे?" मैंने सैली से हैरानी से पूछा।

"मुझे सही तारीख याद नहीं है, डॉक्टर।" उसने कहा। सैली मेरी नजरों से बचती नजर आ रही थी। "मेरी शादी के बाद से मुझे माहवारी नहीं हुई और उससे पहले भी मेरे पीरियड्स काफी अनियमित थे।" उसने सकुचाते हुए बताया।

"आप कितने वर्षों से विवाहित है?"

"सात महीने, डॉक्टर।" उसने नीचे देखते हुए जवाब दिया।

"देखिए, सैली, यह समय से पहले का बच्चा नहीं लगता। क्या आपने, किसी भी तरह से, शादी से पहले कोई यौन संपर्क किया है?" मैंने बिना हिचकिचाते हुए उससे पूछा क्योंकि मेरे लिये यह जानना बहुत ज़रूरी था।

सैली ने अब मेरी तरफ देखा। उसकी आंखों में आंसू छलक आए। वह फूट-फूट कर रोने लगी। "हाँ डॉक्टर," उसने धीरे से उत्तर दिया, फिर से दूसरी तरफ देखने लगी।

"क्या यह तुम्हारा पति था?"

"नहीं...," सैली ने जवाब देने के लिए अपना समय लिया।

"तब कौन था?" पास ही में खड़ी हुई नर्स, एलिस ने यह सवाल किया।

इस परिस्थिति में मैंने उसे इस तरह की पूछताछ से बचाने के लिए एलिस को रोकना चाहा, लेकिन सैली निष्कपट और स्पष्ट थी और बहुत दर्द के बीच में ही उसने अपनी कहानी को सुनाना शुरू कर दिया, क्योंकि अब उसके दर्द थोड़े छोटे अंतराल पर आ रहे थे। वह ऐसे बोली मानो किसी मंदिर के पुजारी के सामने अपनी गलती कबूल कर रही हो।

वास्तविक डिलीवरी में मैंने एक घंटे से अधिक समय लगने का आकलन किया था। मैं कुछ और देर सोने के लिए घर वापस जा सकता था ताकि जब तक डिलीवरी का समय हो मुझे फोन कर के बुला लिया जाता, लेकिन मैंने वही रहने और उसकी कहानी सुनने का फैसला किया। इसके अलावा, मैं उन सवालों के जवाब कैसे दे सकता था जिनके साथ निश्चित रूप से उसके पति और रिश्तेदार बाहर इंतजार कर रहे थे? मैंने एक कुर्सी लाने के लिए कहा और वही बैठ गया।

यह एक मासूम, भोली लड़की की कहानी थी, जिसकी वर्तमान दुर्दशा दस महीने पहले केरल की राजधानी त्रिवेंद्रम में एक रात से जुड़ी हुई थी।

****

2.   सैली की कहानी

सैली, अप्पा और अम्मा, यानी अपने माता-पिता के साथ त्रिवेंद्रम में अपने चाचा के यहाँ गई थी। यात्रा को लेकर वह काफी उत्साहित थीं। पिछले तीन वर्षों से जीवन काफी उबाऊ था, जब से वह दसवीं कक्षा के बाद अपनी एस.एस.एल.सी परीक्षा मुश्किल से पार कर पाई थी। न तो उसने और न ही उसके माता-पिता ने आगे की पढ़ाई या नौकरी की तलाश में कोई दिलचस्पी दिखाई। उसने अपना समय घर के कामों में अपनी माँ की मदद करने और रूमानी प्रेम कहानियाँ और साप्ताहिक किताबें पढ़ने में बिताया, जो कि मलयालम में उपलब्ध थी। आस-पड़ोस के घरों ने अलग-अलग साप्ताहिक किताबो की सदस्यता ली हुई थी ताकि वे आपस में बदल बदलकर उन सभी को पढ़ सकें।

सप्ताह के दिनों में पड़ोस में घूमते हुए, उसे कभी-कभी अपने दोस्तों से कुछ ऐसी साप्ताहिक किताबें मिलती थी जिन्हें वे

"छोटी किताबें" कहते थे। ये स्पष्ट रूप से सेक्स कथाओं वाली स्थानीय पोर्न पत्रिकाएँ थीं। कुछ लोगों ने अजीब स्थिति में जोड़ों की तस्वीरों को धुंधला कर दिया था। ओर इन दिनों, सैली सेक्स कल्पनाओं से भरे सपने देख रही थी। वह जो भी पढ़ती थी उन्हीं कल्पनाओं में खोई रहती थी।

"उप्पापन (उसके चाचा) ने हमारे लिये कुछ सोचा है, और उसने मुझे कुछ दिनों के लिए मिलने और विशेष रूप से तुम्हें साथ लाने के लिए लिखा है।" बस यही जानकारी उसे अप्पा से मिली थी। जाना तय हुआ।

सैली शहर में ऊंची इमारतों और भारी यातायात को देखकर बहुत खुश थी। उप्प्पापन का घर शहर के बाहरी इलाके में एक उप नगर में था। यह एक छोटा लेकिन साफ-सुथरा घर था, जिसमें चमचमाता हुआ सीमेंट फर्श और एक पक्की छत थी - जो कि उसके चित्तर वाले घर और उसकी छप्पर वाली छत और गाय के गोबर से बने फर्श से बहुत अलग था।

उन्हें पहुंचते हुए शाम हो गई थी और उप्प्पापन ने उनका तहे दिल से स्वागत किया। "तुम तो सच में बडी हो गयी हो!" उन्होंने सैली को देखते ही टिप्पणी की। चाची ने उन्हें चाय और

नाश्ता परोसा जो कि उन्होंने कभी नहीं देखा था, चित्तर में तो कभी चखा भी नहीं था।

"सैली, अब तुम बाहर जाओ और अपने लिए एक अच्छी सी साड़ी खरीदो।" उसके चाचा ने दो सौ रुपये गिने और उसे सौंप दिए। "दाईं ओर एक किलोमीटर से भी कम दूरी पर एक कपड़ों की दुकान है, वहाँ तुम्हें बहुत अच्छी साड़ी मिल जाएगी।"

"मैं उसके साथ जाता हूँ, उसे मदद मिल जाएगी, अप्पा ने कहा, लेकिन चाचा ने उन्हें रोक लिया। "वह एक बड़ी लड़की है। उसे खुद करने दो। इसके अलावा, हमारे पास चर्चा करने के लिए बहुत से मामले हैं।"

सैली बहुत चहक रही थी क्योंकि वह पहली बार अकेली आई थी। दुकान पर सभी सामान बेचने वाले लड़के आकर्षक दिख रहे थे, और उन सभी से मिलने वाले ध्यान से वह बहुत खुश थी। वह मुश्किल से अपनी उत्साह को रोक सकीं क्योंकि उनमें से एक ने उसकी त्वचा की रंगत के साथ जंचने वाले रंग की साड़ी उस पर लपेटी थी। अपनी खरीदारी के बाद घर लौटते समय, उसने सड़क के एक किनारे पर एक अखिल भारतीय नंबर प्लेट के साथ एक बड़ी लॉरी को देखा। अचानक, लॉरी का दरवाजा खुला, और एक बहुत लंबा, गोरा, सुंदर दाढ़ी वाला आदमी उसके

सामने कूद पड़ा। उस आदमी ने अपने सिर पर चमकीले लाल रंग की पगड़ी पहनी हुई थी। उसे देखकर वह चौंक कर पीछे की तरफ हट गई।

"क्या मैंने तुमको डरा दिया?" उसने मुस्कराते हुए हिंदी में पूछा। सैली को बस उस भाषा का बुनियादी ज्ञान था जिसे उसने स्कूल में दूसरी भाषा के रूप में पढ़ा था, लेकिन उसने जो कहा, उसे वह समझ सकती थी। उसने शरमाते हुए सिर हिलाकर मना कर दिया।

"मैं चंडीगढ़ से हूँ, और कल शाम तक वापस जाऊँगा। मैं लॉरी के अंदर ही सोता हूं। यहाँ वास्तव में बहुत ठंड है!" उसने इधर उधर देखते हुए कहा।

उन्होंने बात करना जारी रखा- वह हिंदी में बात करता रहा और सैली मलयालम में। दोनों बस एक-दूसरे को थोड़ा बहुत ही समझ पा रहे थे। उससे बाते करते समय सैली ने यह महसूस किया कि वे इस तरह से हमेशा के लिए बाते कर सकते हैं, लेकिन फिर वह अपने होश में आ गई। "मुझे अब जाना है, अलविदा..." ओर अनिच्छा से, सैली अपने रास्ते पर चलने लगी। उसने पलटकर देखा तो उस आदमी ने एक चुंबन सैली की तरफ हवा में उड़ा दिया। वह इसका कोई जवाब नहीं दे पाई और शर्मा कर

अलविदा कह कर चली गयी, पर वो उन खयालो से बाहर नहीं आ पा रही थी।

अम्मा सैली की खरीद से बहुत खुश नहीं थीं। "यह साड़ी बहुत चमक वाली है। यह उस अवसर के लिए उपयुक्त नहीं होगी जो हमने तुम्हारे लिए सोच कर रखा है।" काफी सोच-विचार के बाद सैली ने एक चमकीली नारंगी-लाल साड़ी खरीदी थी।

कुछ रुककर उसने कहा, "एक और थी जिसे मैंने पसंद किया था, और मुझे पता था कि आप भी करेंगे, लेकिन वह दो सौ चालीस की थी। मेरे पास इतने पैसे नहीं थे।"

"फिर वही ले आओ।" उपप्पापन ने पचास रुपये गिने और उसे दे दिए। "तुम कल जा सकती हो, बस बिल मत खोना। वे आसानी से बदल कर दे देंगे।"

उस रात, मुलायम गद्दे पर सोते हुए, सैली एक बार फिर से अपने काल्पनिक सपनों को देखने लगी। दृश्य अंतरंग और भावुक थे, और जो आदमी उसके सपनों में उसके साथ था वह और कोई नहीं बल्कि सुबह मिला वही ट्रक चालक था जिसे वह भूल नहीं पाई थी।

अगले दिन नाश्ते के बाद, सैली फिर से उसी कपड़े की दुकान के लिए घर से निकल पड़ी। उसने चाहा कि वह ट्रक चालक उसे फिर से मिल जाए। उसने देखा कि लॉरी अभी भी उसी स्थान पर खड़ी थी। उसने इधर-उधर देखा, लेकिन वह चालक कहीं नजर नहीं आया। दुकान में उसे ज्यादा देर नहीं लगी क्योंकि उसे पता था कि उसे बदल कर कौन सी साड़ी खरीदनी थी। लौटते समय उसने ड्राइवर को लॉरी के किनारे खड़ा देखा तो उसकी नब्ज तेज होने लगी, उसे लगा मानो उसकी ख्वाइश पूरी हो गयी थी।

"नमस्ते!" सैली ने उसे देखते ही उसका अभिवादन किया। लॉरी चालक भी उसे देखकर खुश हुआ। वे लंबे समय से खोए हुए दोस्तों की तरह फिर से बातें करने लगे।

"मैं कुछ घंटों में चंडीगढ़ के लिए रवाना हो जाऊंगा। मेरे सहयोगी कोल्लम से मेरे साथ आएंगे। हम ज्यादातर समय लॉरी के अंदर ही खाते हैं, आराम करते हैं और सोते हैं।"

"क्या आपके पास सोने के लिए अंदर जगह है?"

उसके इतना कहने पर वह उसे केबिन दिखाने के लिए में मदद करने लगा, उसने उसे दिखाया कि उसने अपना बिस्तर कहाँ फैलाया है। और फिर बातों का सिलसिला शुरु हो गया। एक

बात ने दूसरी को जन्म दिया, और जब तक वह जल्दबाजी में अपने घर जाने के लिए लॉरी से बाहर निकली, उसने अपनी कमर के निचले हिस्से में एक अलग सा दर्द, और एक सुखद अनुभूति को महसूस किया। वह अपने घर की तरफ धीरे- धीरे जाने लगी। यह महसूस करते हुए कि उसे काफी देर हो चुकी है, उसने अपने कदम तेज कर लिए। लॉरी चालक की सुन्दर छवि उसके दिल और दिमाग पर छा गयी थी, उसके बारे में सोच कर उसके होंठों पर मुस्कान आ गयी। "कम से कम उससे उसका नाम पूछना चाहिए था," ओर ये सोचते हुए वह घर के बहुत पास आ गयी। जब तक वह अपने चाचा के घर पहुंची, वह जोर से हांफ रही थी। सब बाहर बरामदे की दीवार पर बैठे उसके आने का इंतज़ार कर रहे थे।

"तुमको इतनी देर क्यों हुई?" उसकी माँ ने उसका चेहरा देखते हुए उससे सवाल किया। "तुम इतना हाँफ क्यों रही हो? क्या हुआ?"

सैली ने इस सवाल का जवाब तैयार रखा था। वापस आते समय उसने कई आवारा कुत्तों को देखा। कुछ तो उसके टखनों को सूंघते हुए उसके पास भी आ गए थे। सामान्य तौर पर, वह नीचे झुक कर उन्हें थपथपाती, लेकिन उस दिन उसने उन्हें दूर भगा दिया था।

"मुझे कुत्तों ने घेर लिया और मेरा पीछा करने लगे!" सैली घबराते हुए बोली।

"लेकिन तुमको तो कुत्तों से खेलने का बहुत शौक है," उसकी माँ की आवाज़ में शक की एक आहट थी। "और वह साड़ी कहाँ है जिसे खरीदने गई थी?"

सैली को अचानक से एहसास हुआ कि उसने साड़ी के पार्सल को तो लॉरी में ही छोड़ दिया था! उसे समझ नहीं आया ओर उसका दिमाग कोई बहाना सोचने लगा। "कुत्तों में से एक ने उसे छीन लिया और भाग गया। मैंने उसका पीछा किया, लेकिन मैं गिर गयी और वह भाग गया!" वह घबराते हुए अचानक से बोली।

उपप्पापन ने कहा, "उन कुत्तों ने इसे खाने का सामान समझकर तुमसे छीन लिया होगा। इन नगर पालिका के लोगों को ज़िम्मेदारी का कोई एहसास नहीं है। ये आवारा कुत्ते प्रजनन कर रहे हैं और बढ़ रहे हैं! " वह औचित्य पूर्ण आक्रोश से भड़क उठा।

"ऐसा लगता है तुम्हें चोट आयी है," अप्पा ने कोहनी के नीचे एक लंबी खरोंच को देखते हुए उसका हाथ पकड़ लिया। चोट थोड़ी गहरी थी ओर, उसमें खून की छोटी-छोटी बूंदें टपक रही थीं। सैली को लॉरी में उनके उन्मत्त प्रेम-प्रसंग के दौरान

महसूस किए गए तेज, कर्कश दर्द की याद आई। उसने यह भी नहीं देखा था कि उसे किस से चोट लगी थी। हो सकता था कि वह कोई वहाँ गिरा हुआ पेंच हो या फिर कोई नुकीली वस्तु।

"आओ, इसे धोकर साफ करते हैं।" अम्मा उसे वॉश बेसिन की तरफ ले गईं और घाव को साबुन और पानी से अच्छे से धोया। "ज्यादा गंदगी नहीं है। वैसे भी तुम्हें टिटनस टॉक्सॉइड इन्जेक्शन लगवाना होगा। लेकिन हम कब जा कर लगवा सकते हैं? कल अत्यधिक व्यस्त रहेगा। अभी आओ हमें कुछ महत्वपूर्ण चर्चा करनी है।" ऐसा कहते हुए उसकी माँ बरामदे में सबके पास चली गयी।

सब साथ में बात करने के लिये जमा हो गए थे। अप्पा और चाचा वहाँ रखी तीन कुर्सियों में से दो पर बैठे थे। अम्मा, चाची और सैली फर्श पर बैठी थीं। सब की निगाहें उसी पर लग रही थीं मानो कि उसी के बारे में सब बात करने वाले थे।

उपप्पापन ने बातचीत शुरु की। "सैली, क्या तुम्हें पता है कि मैंने तुमको नई साड़ी खरीदने के लिए क्यों भेजा था? कल एक लड़का तुमसे मिलने आ रहा है।" सैली कुछ कह पाती, उससे पहले ही उपप्पापन ने उसे बताया।

सैली अचानक से चौंक गयी। "अय्यो! अभी नहीं।"

"क्या? क्या तुमने पिछले हफ्ते ही इस बात की सहमति नहीं दी थी कि हम तुम्हारे लिए एक उपयुक्त लड़के की तलाश शुरू कर दें?" अम्मा के स्वर में झुंझलाहट थी।

यह सच था। अम्मा ने उससे शादी के बारे में बात की थी। वह तब बहुत उत्सुक थी। एक क्षण के लिए, सुन्दर लॉरी चालक की छवि उसके दिमाग में कौंध गई। लेकिन वह उसका नाम भी नहीं जानती थी! संभवत: उसकी शादी हो चुकी थी उसे देखकर उसे वह चालीस की उम्र का लग रहा था। उसने सोचा कि हो सकता है कि वह लॉरी में छोड़ी गई साड़ी को अपनी पत्नी को भेंट कर दे। और फिर किसी भी तरह, यह संभावना नहीं थी कि वह कभी एक दूसरे के सामने आ पाएंगे।

"ठीक है," उसने कुछ सोच कर हाँ कर दी।

"अच्छा!" उसके चाचा उत्साही थे। "लेकिन तुम क्या पहनोगी? तुमने जो साड़ी खरीदी थी वो तो खो गई है। मैं नहीं चाहता कि तुम अपने होने वाले पति से पुराने कपड़े पहनकर मिलो, वह लड़का और उसका परिवार कल सुबह दस बजे आयेंगे।"

"मैंने पिछले हफ्ते मिनी के लिए एक नया चूड़ीदार खरीदा है। देखते हैं कि यह सैली के अनुकूल होगा या नहीं।" मिनी

उपप्पापन की छोटी बेटी थी। वह इंजीनियरिंग की छात्रा थी, ओर कोच्चि के एक हॉस्टल में रहती थी।

सैली पहली बार चूड़ीदार पहन रही थी। सिर्फ दो साल पहले, उसने घुटने के ऊपर की छोटी स्कर्ट से लंबी स्कर्ट पहनना शुरु किया था। सभी औपचारिक अवसरों के लिए एक साड़ी ही थी जो वह पहन लिया करती थी। लाल चूड़ीदार उसके शरीर से कुछ ज्यादा ही कस कर चिपकी हुई थी। उसकी सुडोल काया पर वो कपड़े बहुत जंच रहे थे ओर उसे पहन कर उसे अपनी सहेलियों की याद आ गयी जो उसे उसके सुंदर सुडोल शरीर को लेकर सताया करती थी।

लड़का दिखने में बुरा नहीं था। वे अपने परिवार के साथ अपनी जीप में शोर-शराबे के साथ आए थे। जॉनीकुट्टी- उसका नाम था- वह उप्पापन के सामने शरमाते हुए बैठ गया। उस ऊबड़-खाबड़ वाहन में ग्यारह लोग लदे हुए आए थे। कुछ प्लास्टिक की कुर्सियों को किराये पर लिया गया था और सभी पुरुषों को बैठाया गया था। महिलाएं सबसे पीछे खड़ी थीं। सैली और अम्मा किचन में मेहमानों के लिए चाय बना रहे थे। हलवे को छोटे छोटे टुकड़ों में काटा गया था. जल्दी उठकर उन्होंने घर पर ही वड़े तैयार किए थे। इन्हें कुछ मसालेदार मिश्रण के साथ परोसा गया था। सैली के चाय परोसने के दौरान सभी की निगाहें उस पर

टिकी थीं। जैसे ही वह जॉनीकुट्टी को कप देने के लिए नीचे झुकी, उनकी निगाहें कुछ सेकंड के लिए उसपर ही अटक गईं थी। उसने महसूस किया कि वह उसे घूर रहा है जैसे कि उसके रूप से मंत्रमुग्ध हो गया हो।

"यह गठबंधन काम करेगा," उप्प्पापन ने उनके जाने के बाद, खाली प्लेट की ओर इशारा करते हुए कहा जिसमें हलवा रखा गया था। "जब लड़के वाले मीठा नाश्ता लेना पसंद करते है, तो इसका मतलब है कि उन्हें लड़की पसंद है," चाचा ने सैली कि ओर देखते हुए जवाब दिया।

****

3.   सैली की कहानी जारी।

शादी 25 मई को तय हुई थी- ठीक तीन महीने बाद। यह एक बहुत ही सादा तरीके से सम्पन्न हुई थी। करीब सौ मेहमान थे। दावत साधारण थी- सिर्फ फिश करी और नॉन-वेज के रूप में तला हुआ चिकन। व्यंजन, और सिर्फ दो तरीके की मिठाई। पूरे समारोह के दौरान, सैली का दिमाग इस बात पर था कि पिछले तीन महीनों में उसे मासिक धर्म नहीं हुए थे। उसे डर था कि वह गर्भवती हो सकती थी, लेकिन उम्मीद थी कि ऐसा नहीं होगा। वह अपने डर के बारे में अपने करीबी सहेलियो के साथ चर्चा करना चाहती थी, लेकिन उनमें से कोई भी उसके पास नहीं थी क्योंकि उनमें से ज्यादातर की शादी पहले ही दूर-दराज के इलाकों में हो गई थी।

शादी का दिन बवंडर की तरह आ कर चला गया। वे शादी के मंडप से सीधे दूल्हे के घर गए। सैली को उसकी सास

द्वारा दाहिने हाथ से दूसरे हाथ में एक जले हुए कांस्य तेल के दीपक के साथ घर में ले जाया गया। सैली ने अपने भावी घर में प्रवेश करते समय पहले अपना दाहिना पैर पहले रखने का ध्यान रखा। दूल्हा-दुल्हन के लिए दो कप दूध लाया गया और बाकी मेहमानों के लिए ताजा नींबू रस का गिलास परोसा गया।

अब उनके लिए अप्पा और अम्मा के साथ चित्तर में सैली के घर जाने का समय था। अगले दिन जोड़े के नए सम्बंध की शुरुआत होने से पहले, पहली रात लड़की के घर पर होनी थी। ग्यारह बज रहे थे जब वे अंत में अपने शयनकक्ष में अकेले थे। बिस्तर को गुलाब की पंखुड़ियों और चमेली के फूलों से सजाया गया था, जिस से एक मीठी खुशबू कमरे में फैली थी। सैली एक गिलास दूध लेकर अंदर आई। जॉनीकुट्टी ने कुछ घूंट लिए और बाकी बचा हुआ सैली को पीने के लिए दे दिया। दोनों ने एक शब्द भी नहीं बोला था। दोनों में गजब की बेचैनी थी। सैली को इस बात का डर था कि जॉनीकुट्टी को एहसास हो सकता है कि उसे पहले भी किसी के साथ सम्बंध बनाये थे और उसे पूरी तरह से अस्वीकार कर सकता है। जॉनीकुट्टी दूसरी बातों को लेकर चिंतित था। यह पहली बार था जब वह अपनी माँ के अलावा किसी अन्य महिला के साथ कमरे में अकेला था।

"क्या हम स्नान करें और उसके बाद बिस्तर पर सोने जाएं?" जॉनीकुट्टी ने आखिरकार चुप्पी तोड़ी। "मैं पहले जाता हूँ।"

उसने अपनी लुंगी और एक टी-शर्ट अलमारी से निकाल ली और बाहर बाथरूम की तरफ चला गया। पसीने से भीगे सफेद कशीदाकारी कुर्ते को उतारकर वह जल्दी से नहाने लगा। उसे उन दोस्तों पर ध्यान न देने का अफसोस था, जिन्होंने उन्हें शादी के तुरंत बाद ब्रांडी लेने की सलाह दी थी, ताकि इस पहली रात को आत्मविश्वास से संभाल सकें। उसने सोचा कि वह उस दिन किसी तरह सम्बंध से परहेज करेगा। वह चिंतित और किसी भी चीज के लिए बहुत थका हुआ महसूस कर रहा था।

बाथरूम से लौटकर जॉनीकुट्टी यह देखकर चौंक गया कि सैली अपनी शादी की पोशाक बदलने लगी थी। उसके सारे गहने बड़े करीने से मेज़ पर रखे हुए थे और वह अपनी साड़ी खोल रही थी।

उसने जैसे ही सैली को पेटिकोट और ब्लाउस में देखा तो उस द्रश्य ने उन भावनाओं को जगा दिया जो वह नहीं जानता था कि इतनी तीव्रता से अस्तित्व में थी। सारी थकान और घबराहट उसे छोड़ कर कही दूर जा चुकी थी ओर अपने शरीर में वह टेस्टोस्टेरोन का स्तर बढ़ता हुआ महसूस कर सकता था। उससे

अब रुका ना गया, वह जल्दी से उसके पास गया और उसे कसकर गले से लगा लिया और बिस्तर पर खींच लिया।

सैली ने कुछ समय बाद प्यार से अपने पति की ओर देखा, उसका पति थक कर गहरी नींद में सो गया था। अगर उसे यह एहसास होता कि वह पहले भी किसी और के साथ सम्बंध बना चुकी है, तो वह निश्चित रूप से कोई आभास करा देता पर उसने ऐसा कुछ नहीं किया। वह उस दिन के बारे में सोचने लगी और अपने उच्च जुनून और कृत्य से चकित भी हो रही थी। लॉरी ड्राइवर ऐसा पेशेवर लग रहा था। "अब मेरी इससे शादी हो चुकी है," अपने पति को देखते हुए उसने सोचा। "मुझे उस लॉरी ड्राइवर को अपने दिमाग से निकाल देना चाहिए।"

अगले कुछ महीने उन दोनों के लिये खुशियां लेकर आए। उसके पति और ससुराल वाले बहुत अच्छे थे। उसके भीतर पल रहे बच्चे के बारे में बार-बार आने वाला विचार ही एकमात्र परेशानी का सबा था। वह अपने अन्दर हो रहे परिवर्तनों को महसूस कर सकती थी। उसने जानबूझकर उन सभी विचारों को अपने दिमाग से बाहर निकाल दिया, यह सोचकर कि समय आने पर वह इसका सामना करेगी। उसकी गर्भावस्था को लेकर सभी काफी खुश थे। घर पर एक तरह का उत्सव था जब वह और जॉनीकुट्टी उस दिन पठानमथिट्टा से घर आए, एक खजाने की

तरह एक छोटे से प्लास्टिक कार्ड को पकड़े हुए, जिस पर दो लाल रेखाएं बहुत स्पष्ट रूप से दिखाई दे रही थीं, जो उसकी गर्भावस्था की पुष्टि कर रही थीं।

उसकी सास ने कभी-कभी टिप्पणी की कि उसका पेट कितना बड़ा लग रहा था। "यह एक बहुत बड़ा बच्चा हो सकता है। आश्चर्य है, क्या तुम्हारी नॉर्मल डिलीवरी होगी- नहीं तो हमें सीज़ेरियन के लिए पथानामथिट्टा जाना होगा।" पड़ोसियों द्वारा कभी-कभी पर्याप्त संकेत दिए गए थे पर बेचारी महिला ने कभी किसी अन्य संभावना के बारे में नहीं सोचा था।

****

# 4.	सैली ने अस्पताल छोड़ा

सैली ने अचानक से बहुत जोर लगाना शुरू कर दिया। बच्चे का सिर नीचे की ओर निकला हुआ था। मैंने धैर्यपूर्वक इसके नब्बे डिग्री मुड़ने और बच्चे के प्राकृतिक घूमने के साथ-साथ तिरछा मुंह करने की प्रतीक्षा की। 'ध्यानपूर्वक पूर्वानुमान और निपुण निष्क्रियता'- मेडिकल स्कूल में हमारे स्त्री रोग शिक्षक पाठ्य पुस्तक से बार-बार ये सबक सिखाया करते थे। एक बार जब बच्चा पूरी तरह से मुड़ गया, तो मैंने सिर को नीचे खींचते हुए ऊपरी कंधे को ढीला कर दिया। फिर मैंने दिशा बदलकर कंधे को बाहर निकाला। बाकी का शरीर आसानी से बाहर आ गया और मैंने उसे टाँगों से उठाकर ट्रॉफी की तरह हवा में ऊंचा पकड़ लिया। बच्चा दुनिया में अपने आगमन की घोषणा करते हुए जोर से चिल्लाया। (हाँ, यह एक लड़का था)।

यह एक आदर्श पाठ्य पुस्तक वितरण था- एक डॉक्टर के जीवन के सबसे संतुष्टि दायक क्षणों में से एक जब माँ और बच्चा दोनों स्वस्थ होते हैं।

मैंने सैली के चेहरे को खुशी और राहत के साथ मुस्कराते हुए देखा, जो कि जल्दी से एक आशंका में बदल गया। "आप उन्हें क्या बताएंगे, डॉक्टर? क्या आप कृपया उन्हें बता सकते हैं कि बच्चा समय से पहले आया है?"

"मैं ऐसा कैसे कर सकता हूँ?" मैंने बेबसी से पूछा। "बच्चा पूरी तरह से विकसित और परिपक्व हो गया है, जैसा कि कोई भी देख सकता है।"

***

"क्या आप को पूरा यकीन हैं डॉक्टर?" वह फिर से जॉनीकुट्टी था। "लेकिन हमारी शादी को अभी सात महीने ही हुए हैं!"

मैंने परिपक्वता पहलू की निष्पक्ष रूप से पुष्टि की। "क्या मैं नर्स से कहूँ कि बच्चे को आप सब को दिखाने के लिए ले आएं?"

"नहीं!" जोरदार आवाज़ के साथ यह जॉनीकुट्टी के पिता ने हवा में हाथ हिलाते हुए कहा, "हम उसे देखना नहीं चाहते। दरअसल, अब हम जा रहे हैं। आप उस लड़की और उसके बच्चे के साथ कुछ भी कर सकते हैं, वह हमारा बच्चा नहीं है और हम उसे किसी कीमत पर स्वीकार नहीं कर सकते।"

मेरे दिमाग में कुछ कौंध गया। *अगर वे चले गए तो मैं क्या करूँगा?* मैंने ज़ोर की आवाज़ के साथ उन्हें कहा, "आप उसे यहां लाए हैं और यह आपकी जिम्मेदारी है। यदि आप उसे छोड़ कर चले जाते हैं, तो मेरे पास पुलिस को फोन करने के अलावा कोई विकल्प नहीं रह जाएगा। फिर आपको इस मामले को वहां पर देखना होगा।"

मेरे शब्दों का पूरा महत्व जानने पर उनके पिता रुक गए। उन्होंने अन्य लोगों को एक साथ मिलकर चर्चा के लिए बुलाया। मैंने उन्हें वहीं छोड़ दिया और माँ और बच्चे की जाँच करने के लिए वापस चला गया।

"वे बच्चे को नहीं देखना चाहते," मैंने सैली से कहा। मैं उसके चेहरे से उम्मीद की आखिरी झिलमिलाहट जैसा कुछ देख

सकता था। वह जबरदस्त सिसकियों में फूट पड़ी। मेरा दिल इस जवान लड़की के लिए बहुत दुखी हुआ। मैंने उसे दिलासा दिया, उसकी पीठ थपथपाई। "मुझे यकीन है कि सब कुछ ठीक हो जाएगा।"

मुझे एक दुपहिया वाहन के बाहर शुरू होने और दूर जाने की आवाज सुनाई दी। वैसे भी जिस जीप से वे आए थे वह अभी भी बाहर खड़ी थी। मैंने नर्स को अपना परामर्श कक्ष खोलने के लिए कहा। एक उदास चेहरे के साथ छोटी भीड़ को पार करते हुए, मैं अंदर गया और बैठ गया। आम तौर पर मैं पूरी तरह से सामान्य प्रसव कराने के बाद- माँ और बच्चे दोनों के ठीक होने के साथ अब खुशी-खुशी घर वापस जा रहा होता।

इस बच्ची और उसके बच्चे का क्या होगा?

मुझे इस आकर्षण विहीन कस्बे में फंसे हुए एक साल से अधिक समय हो गया था। यह पूरी तरह से मेरे पिता की गलती थी। एक बच्चे के रूप में, उन्होंने बड़ी चतुराई से मेरे अपरिपक्व दिमाग में यह विचार डाला था कि पैसा कमाना कम महत्वपूर्ण है। डॉक्टर बनना मेरी महत्वाकांक्षा थी, लेकिन उनकी सलाह थी- 'डॉक्टर बनो और ऐसी जगह जाकर सेवा करो जहां चिकित्सा की सुविधा न हो। पैसे की चिंता मत करो। आपका जीवन पूर्ण होगा

और आपके बच्चे फले-फूलेंगे'। वह इतने दृढ़ विश्वास के साथ यह कहते थे कि मैं इसके लिए मान गया।

ऐसा नहीं था कि मुझे यहां की जीवन शैली में मजा नहीं आ रहा था। लेकिन मैं अस्पताल और घर के बीच चक्कर लगाने के अलावा कहीं भी जाने के लिए आज़ाद नहीं था। अस्पताल में इतना व्यस्त रहता था कि मैं कुछ और नहीं सोच सकता था और बाकी समय में अपने बेटे की शरारतों के बीच उसके साथ पूरी तरह से व्यस्त रहता था, और चाकोचन के अस्पताल से किसी और कॉल के साथ किसी भी समय आने की उम्मीद करते हुए, मैं सचमुच चौबीस घंटे ड्यूटी पर रहता था। हर दिन अपने साथ नयी चुनौतियां लेकर आता था। मैं मेडिकल स्कूल में विशेष रूप से अध्ययनशील छात्र नहीं था। मेरे पिता ने एक बार मेरे एक व्याख्याता से प्राप्त एक रिपोर्ट मुझे दिखाई थी, जो एक रिश्तेदार भी थे। "तुम्हारा बेटा पढ़ाई में बहुत कम मेहनत करता है। वह काफी बुद्धिमान है, लेकिन अगर वह कुछ और प्रयास करता है, तो वह उच्च स्कोर कर सकता है और विशेषज्ञता के लिए स्नातकोत्तर सीट हासिल कर सकता है।

"यदि मैं किसी ऐसे दूरस्थ क्षेत्र में काम करने जा रहा हूँ जहाँ बहुत अधिक चिकित्सा सुविधाएँ नहीं हैं, तो मैं विशेषज्ञता के साथ क्या करूँगा? किसी विशेष विषय के विशेषज्ञ के रूप में, मैं

वहां सामान्य मामलों का प्रबंधन कैसे करूंगा?" मेरे पिता के स्नातकोत्तर के दबाव देने पर, मेरे इस जवाब से स्तब्ध रह गए और इसने मुझे परिसर के भीतर अपनी खुशहाल दिनचर्या को जारी रखने में सक्षम बनाया।

इस कॉलेज में हम किसी भी समय आने और जाने के लिए स्वतंत्र थे। और हमने इसका अधिकतम लाभ उठाया। लेकिन मैंने नियमित रूप से चिकित्सालयों में जाना सुनिश्चित किया और ग्रामीण व्यवस्था में स्वतंत्र रूप से काम करने के लिए आवश्यक पर्याप्त कौशल हासिल करने की कोशिश की।

बाहर के हंगामे की आवाज़ से मैं अपने विचारों से बाहर आया। मैं जॉनीकुट्टी के पिता को ज़ोर से बहस करते हुए सुन पा रहा था। सामने से जवाब देने वाली आवाज दबी और रक्षात्मक थी। बातचीत काफी छोटी थी, और जल्द ही मेरे दरवाजे पर दस्तक हुई। जॉनीकुट्टी के पिता और एक और अधेड़ उम्र का आदमी जो काफी उदास दिख रहा था, मेरे कमरे के बाहर खड़े थे।

"यह उस लड़की के पिता है। और अब से यही जिम्मेदार होंगे। हमारी ड्यूटी खत्म हो गई है। हम जा रहे हैं।" घूरते हुए जॉनीकुट्टी के पिता ने मुझे कहा।

"रुकिये!" मैंने आवाज़ लगाई और सैली के पिता की ओर मुड़ा। "क्या आप सहमत हैं कि आप पूरी जिम्मेदारी लेंगे?" उन्होने सहमति में सिर हिलाया। "ठीक है," मैंने जॉनीकुट्टी के पिता से कहा। "आप चाहें तो छोड़ कर जा सकते हैं।"

"चलो जॉनी!" उसने अपने बेटे को आदेश दिया और पीछे मुड़कर नहीं देखा। जॉनीकुट्टी भी नम्रता से उनके पीछे चल दिया। मैंने देखा कि उसकी आँखें उस लेबर रूम की ओर भाग रही हैं जहाँ सैली लेटी हुई थी। वह बड़ी उथल-पुथल में लग रहा था, पर शायद अपने पिता का विरोध नहीं कर पा रहा था। पर मैं कुछ नहीं कर सकता था।

"मेरी बेटी कहां है?" जैसे ही जॉनीकुट्टी और उसके पिता वहा से चले गये सैली के पिता ने विनम्रता से हाथ जोड़ते हुए पूछा। मैं उन्हें लेबर रूम में ले गया। उन्होंने दौड़कर अपनी बेटी को कसकर गले से लगा लिया, दोनों बहुत रो रहे थे। हमें जीप के स्टार्ट होने और दूर जाने की तेज आवाज सुनाई दे रही थी। शोर धीरे-धीरे फीका पड़ने लगा और रात का सन्नाटा छा गया।

सैली और बच्चे को तीन दिन बाद छुट्टी मिलने वाली थी। अस्पताल में रहना बहुत परेशान करने वाला था। वह सारा दिन उदास नजर आती थी। ज्यादातर नर्सें उसके साथ सहानुभूति पूर्ण

थीं, उसे अक्सर सांत्वना देती थीं- सिस्टर ऐलिस को छोड़कर। वह सैली के पाप को कभी माफ नहीं कर सकती थी।

छुट्टी के दिन, सैली के पिता परामर्श कक्ष में आए, उनके चेहरे पर परेशानी साफ झलक रही थी। "डॉक्टर, हमारा बिल चार सौ बीस रुपये आया है। मुझे पता है कि आप अधिक शुल्क नहीं लेते हैं, लेकिन यह सब अचानक से हुआ। मैं केवल तीन सौ का भुगतान करने का प्रबंध कर सकता हूं। मैं दो सप्ताह के भीतर वापस आने और बाकी का भुगतान करने का वादा करता हूं।" यह एक सामान्य घटना थी। मेरे अनुभव से मैं ने जाना था कि ऐसे मामलों में से केवल एक तिहाई लोग ही वापस लौटते हैं। पर मैंने उसके पिता से कहा, "ठीक है, लेकिन आप सुनिश्चित रहें।"

मैंने कर्मचारियों को उनके डिस्चार्ज की तैयारी करने का आदेश दिया। "अगला रोगी," मैंने क्लिनिक की देखरेख करने वाली नर्स से कहा।

"शौकत अली!" नर्स ने अगले रोगी को आवाज़ लगाई। मैं एक-एक करके मरीजों को देखता रहा, मेरी पत्नी दूसरी टेबल पर भी ऐसा ही करती रही। "सैली और उसका परिवार जा रहे हैं," नर्स ने कुछ समय बाद मुझे बताया। मैं जिस मरीज की जांच कर

रहा था, उससे इजाजत लेकर मैं सैली और उसके परिवार को देखने चला गया।

सैली मेरे पास आई। "सब कुछ के लिए धन्यवाद, डॉक्टर। कृपया मेरे लिए... और बच्चे के लिए प्रार्थना कीजिएगा।"

"ज़रूर," मैंने कहा और उसे फिर से समझाया ओर दिलासा दिया, "सब कुछ किसी तरह ठीक हो जाएगा, सैली।" मैं सोच रहा था कि क्या मैं वाकई उसे आश्वस्त कर पा रहा था।

उसके माता-पिता ने पहले ही बाहर निकलना शुरू कर दिया था। मुझे बाद में पता चला कि वे सभी छह किलोमीटर पैदल चलकर अपने घर गए थे, क्योंकि वे एक जीप भी किराये पर नहीं ले सकते थे।

तब मुझे इस बात का जरा भी अंदाजा नहीं था कि मुझे उनके भविष्य के मामलों में भी शामिल होना होगा।

****

5.   चित्तर मिशन अस्पताल

अस्पताल केरल में मौजूद कई ईसाई चर्च संप्रदायों में से एक के स्वामित्व में था- वही, जिस सम्प्रदाय से मैं था। कोट्टायम में सूबे के बिशप, रिटायर्ड रेव डॉ. जकारियास मार कूरिलोस, जिनका वह अस्पताल था, के साथ मेरा नियुक्ति पूर्व इंटरव्यू था। वह एक बहुत ही विद्वान, व्यावहारिक और सरल व्यक्ति थे। चित्तर में स्थानीय चर्च के पादरी और अस्पताल के प्रशासन के स्थानीय समिति के अध्यक्ष ने हमें बिशप से मिलवाया। "थिरुमेनी, यह डॉक्टर दंपति है जो हमारे चित्तर मिशन अस्पताल में काम करने के लिए स्वेच्छा से आगे आए हैं।"

'थिरुमेनी' - जिसका अर्थ है परम पावन, इन्ही नामो से बिशपों को संबोधित किया जाता था। हमारे संप्रदाय में, बिशप उन पुजारियों में से चुने जाते थे जो अपनी मध्यम आयु तक अविवाहित रहने के इच्छुक थे। अच्छी, लंबी दाढ़ी रखना एक

अतिरिक्त योग्यता थी। जो बिना दाढ़ी के भी चुने जाते थे, उन्हें इस उपाधि से पहले दाढ़ी बढ़ानी होती थी। उन्हें फैंसी नए नाम दिए जाते थे। क्यूलेक्स मार एनोफिलीज, मंकी मार राइनोसेरोस आदि कुछ मजेदार नाम थे जिन्हें हम अपने बचपन में सोच कर हंसा करते थे।

जकारियास थिरुमेनी लाल-भूरे रंग के साधारण सूती वस्त्रों में एक छोटे, कुछ मोटे से बिशप थे, उन के बाल एक काले रंग के साफे से ढके हुए थे, जो छोटे सोने के रंग के क्रॉस से सजा हुआ था। वह अभी अधेड़ उम्र के थे, और उनकी दाढ़ी में कुछ सफेद बाल आने शुरु हुए थे। उनका एक दयालु चेहरा था। मुझे वह तुरंत पसंद आ गए।

थिरुमेनी ने हमें एक उदार मुस्कान दी। "आप स्थानीय समुदाय के लिए अपार सेवा कर रहे होंगे, डॉक्टर। आपकी सेवा की सभी सराहना करेंगे।"

"लेकिन क्या लोगों को वास्तव में फायदा होगा? हमें अपनी सेवाओं के लिए उनसे शुल्क लेना होगा। क्या यहाँ के लोग इसे वहन कर सकते हैं?"

थिरुमेनी ने जवाब दिया, "जिन लोगों को इसकी जरूरत है, हम उन्हें रियायत और मुफ्त इलाज देंगे।"

"लेकिन कौन तय करेगा कि किन मरीजों को फायदा होगा?"

"बेशक स्थानीय समिति!" विकर ने हस्तक्षेप किया।

"लेकिन क्या स्थानीय समिति प्रत्येक मामले का फैसला कर सकती है? मैं नहीं जानता कि समिति में शामिल होने वाले सभी लोग कौन हैं। क्या वे निष्पक्ष रहेंगे? क्या वे अयोग्य लोगों को रियायतें देने की मांग नहीं करेंगे?" मुझे संदेह हुआ।

थिरुमेनी बस एक सेकंड के लिए रुके। उन्होंने विकर की ओर रुख किया। "चिकित्सा अधीक्षक फैसला करेंगे," उन्होंने निर्णायक रूप से कहा।

मेरे पास बात करने के लिए कुछ और मुद्दे भी थे। "मैंने सुना है कि अस्पताल में बुनियादी सुविधाओं का भी अभाव है। अगर हमारे काम को अर्थपूर्ण बनाना है तो हमें इसमें सुधार करना होगा।"

थिरुमेनी ने कुछ देर सोचा। "डायोकेसन काउंसिल के कुछ सदस्यों ने वास्तव में अस्पताल को फिर से खोलने का विरोध किया है क्योंकि अस्पताल के काम करने की स्थिति में हमें हर बार पैसे देने पड़ते हैं। हमें वहां से कुछ भी उम्मीद नहीं है, इसके

अलावा अस्पताल इतना सुचारु रूप से चलता है कि हमें इसका आर्थिक रूप से समर्थन नहीं करना पड़ेगा। मैं तुरंत अतिरिक्त निवेश की अनुमति नहीं दे सकता। अगर यह बिना किसी रुकावट के काम करता है, तो मुझे यकीन है कि अस्पताल पर्याप्त धन जुटाने में सक्षम होगा। मुझसे जितना हो सकेगा मदद करूंगा। मैं आवश्यक धन की मंजूरी के लिए परिषद में अपने प्रभाव का उपयोग करूंगा। उन्होंने हमें एक प्रार्थना के साथ आशीर्वाद दिया, और हम वहाँ से चले आए।

हम जून 1987 में एक सुखद शाम तक अजू, जेसी और उसके माता-पिता के साथ तिरुवल्ला से किराये की टैक्सी में चित्तर के लिए निकल पड़े। मेरे ससुराल वाले खास यह देखने साथ आए थे कि उनका डॉक्टर दामाद उनकी बेटी को कहां ले जा रहा है। हमारे पास जो फर्नीचर था और मेरी सुजुकी बाइक सुबह एक टेंपो वैन से हमने भेज दिये थे जिसे मेरे पिता संभाल कर अपने साथ ले गए थे, जो वहां हमारा इंतजार कर रहे थे।

यह एक लंबी यात्रा थी। एक घंटे की ड्राइव के बाद, हम 'बाउन्डरी' नामक स्थान पर पहुँचे। यह वह जगह थी जहां से पैंतालीस साल पहले पेरियार के जंगलों का सदाबहार इलाका शुरू हुआ था। सड़क लगभग समाप्त हो गई, और हमने एक ऐसे मार्ग से धीमी, ऊबड़-खाबड़ सवारी शुरू की, जिसे एक बार

तारांकित किया गया था, शायद एक दशक पहले। यदि कोई दूसरा वाहन को विपरीत दिशा से आता है, तो उनमें से एक को उस रास्ते को पार करने के लिए पर्याप्त जगह के साथ किसी स्थान पर वापस जाना होगा।

"यह सड़क कार चलाने लायक नहीं है" ड्राइवर ने गुस्से से कहा।

मुझे लगा, हो सकता है कि वह अधिक किराया मांगने के लिए ऐसा कह रहा हो। लेकिन वह सही था। हमने रास्ते में कोई अन्य कार नहीं देखी थी- केवल जीपों के अंदर लोग खचाखच भरे हुए थे, साथ ही पीछे से लटके हुए थे। कभी-कभी, बोनट पर भी दो या तीन आदमी होते थे!

ऐसा लग रहा था कि हम सभ्यता को अपने पीछे छोड़ रहे हैं। कहीं कहीं केले, टैपिओका, और उनके चारों ओर अन्य सब्जियों के साथ, छोटे घर दिखाई दे रहे थे। ये वे लोग थे जिन्होंने जंगल में अतिक्रमण कर अपना जीवन यापन शुरू किया था।

अब कोई इमारत नहीं थी, और हम एक शांत वन क्षेत्र से गुजर रहे थे। पेड़ घने थे। कभी-कभी, हमने बंदरों को एक पेड़ से दूसरे पेड़ पर झूलते हुए देखा। मैंने ताजी और शुद्ध हवा के लिए गहरी साँसें लीं।

वन क्षेत्र जैसे ही थोड़ा कम हुआ, रबर के बागान और फिर छोटी-छोटी दुकानों की शुरुआत हो गई, क्योंकि हम 'शहर' के पास थे जहाँ अस्पताल था। डॉक्टर के निवास लगभग सौ मीटर की दूरी पर थे। मेरे पिता वहाँ हमारा इंतज़ार कर रहे थे, उन्होंने सारा सामान खोलकर जमाना शुरू कर दिया था और साथ ही हर कमरे में फ़र्नीचर भी लगा दिया था।

घर में सामान ठीक से जमाने के लिए मैं सभी को घर में छोड़कर अस्पताल चला गया जहां स्टाफ को इकट्ठा होने के लिए कहा गया था।

मथाई सर, स्थानीय समिति में सबसे लंबे समय तक सेवा करने वाले वृद्ध सदस्य, और विकर स्टाफ से मेरा परिचय कराने के लिए वहां मौजूद थे।

स्टाफ के सभी सदस्य खुश नजर आ रहे थे। वे पिछले कई महीनों से काम नहीं कर पा रहे थे और कई महीनों से बिना वेतन के थे। उनमें से अधिकांश गुजारा करने के लिए संघर्ष कर रहे थे, और वे बड़ी उम्मीद के साथ अस्पताल के फिर से खुलने की प्रतीक्षा कर रहे थे।

लिसी, लैब टेक्नीशियन थी। वह आर्थिक रूप से सहज थी- उसका पति, एक लैब तकनीशियन (यद्यपि एक योग्य व्यक्ति)

कुवैत के एक बड़े अस्पताल में काम कर रहा था। वह स्वयं एक योग्य तकनीशियन नहीं थी, लेकिन उसने पठानमथिट्टा की एक निजी प्रयोगशाला से कुछ बारीकियां सीखी थीं, जहाँ से उसने कुछ प्रशिक्षण और एक प्रमाण पत्र प्राप्त किया था।

नर्स मरियम्मा सबसे वरिष्ठ थीं। फिर एलिस, मोनसी, सबीना और वीना थीं। कोचुमोल फार्मेसी के प्रभारी थे। उसने मुझे बताया कि उसने वास्तव में एक नर्स बनने के लिए प्रशिक्षण लिया था, लेकिन फार्मेसी में काम करना पड़ रहा था। उसके बाद चाकोचन और उनकी पत्नी मरियम चेदाती थीं, जो सफाई कर्मी थीं। पांच अन्य लड़कियां प्रशिक्षु के रूप में स्वीकार किए जाने की उम्मीद में आई थीं।

वार्ड और कमरों को साफ कर दिया गया था और बिस्तरों पर साफ चादरें बिछा दी गई थीं। मैंने फार्मेसी में कदम रखा और रैक पर रखी कुछ दवाओं का निरीक्षण किया। इनमें से कई की एक्सपायरी डेट भी निकल चुकी थी। "ये सब यहाँ क्यों रख रहे हो? अब सारी दवाइयाँ छाँट लो और उन सभी को बाहर फेंक दो जिनकी एक्सपायरी डेट निकल चुकी हैं", मैंने कोचुमोल को आदेश दिया। इसके बाद मैं लैब का निरीक्षण करने गया। वह एक छोटा सा कमरा था। एक माइक्रोस्कोप, एक अपकेंद्रित्र उपकरण, रसायनों से भरी कुछ बोतलें और टेस्ट ट्यूब का ढेर

था। ऐसा लगता है कि यहां बहुत सारे बदलाव किए जाने हैं। हम इसे एक उचित अस्पताल में कब बदल पाएंगे?ऐसा सोचते हुए मैं घर की ओर चला गया।

साथ में डिनर करते हुए मैंने सभी को अस्पताल की मौजूदा स्थिति से अवगत कराया. " यहाँ मौजूद साधन पर्याप्त नहीं है, इसे फिर से शुरू करना- हमें इसे इस हद तक उन्नत करना होगा कि लोगों को उपचार के लिए पथानामथिट्टा की यात्रा नहीं करनी पड़ेगी।"

मुझे लगा कि मैंने अपने पिता की आँखों में एक सराहनीय चमक देखी थी।

****

6.   चित्तर में पहला दिन

हम फिर से खोले गए अस्पताल में पहले दिन का काम शुरू करने के लिए सुबह जल्दी पहुंचे। वहां पहले से ही भीड़ थी। जैसे ही मैंने और जेसी ने भीड़ के बीच से अपना रास्ता बनाया, हमने पाया कि बरामदे में वाइसर और समिति के अन्य सदस्यों का कब्जा है। मुझे कागज का एक टुकड़ा दिखाते हुए विकार ने कहा, "फिर से खोलने के लिए यह हमारा कार्यक्रम होगा।"

"यह क्या है? एक जनसभा?" मैंने परामर्श तालिका पर फाइलों के ढेर की ओर इशारा किया। "मरीज इलाज का इंतजार कर रहे हैं!"

"इसमें बस कुछ ही मिनट लगेंगे, डॉक्टर", मथाई सर ने चुटकी ली। "हमें इस ऐतिहासिक क्षण का जश्न मनाना है।"

मैंने भीड़ के बीच एक युवा लड़के को देखा था जिसे सांस लेने में तकलीफ हो रही थी। "बिल्कुल नहीं!" मैं अडिग था। "हम मरीजों को प्रतीक्षा में नहीं रख सकते।" मैं विकर की ओर मुड़ा। "कृपया एक छोटी प्रार्थना के साथ हम बाह्य रोगी विभाग की शुरूआत करेंगे।" मैंने देखा कि समिति के सदस्य काफी परेशान थे। वे सभी अभिनंदन भाषणों के लिए तैयार होकर आए थे।

प्रार्थना बिल्कुल छोटी नहीं थी। उन्होंने लगभग पंद्रह मिनट का समय लिया- मूल रूप से अस्पताल के इतिहास के बारे में याद करते हुए, संस्थापक बिशप की दूरदर्शिता, स्थानीय लोगों के बलिदान- विशेष रूप से मथाई सर, इसे चालू रखने के लिए, यह कैसे लगातार व्यवधानों से ग्रस्त था, आदि। अंत में उन्होंने उस अद्भुत डॉक्टर जोड़े को धन्यवाद के साथ प्रार्थना को समाप्त किया, जिन्होंने अब इसे फिर से खोलना संभव बना दिया है और अस्पताल को आगे और अनंत काल तक फलने-फूलने का आशीर्वाद देने के लिए ईश्वर को कृपा के लिए याचना की।

"तथास्तु!" मैंने अंत में कहा। "अब मरीजों को बुलाओ- उस लड़के को पहले बुलाये।" मैंने उस लड़के की ओर इशारा किया, जिसे सांस लेने में तकलीफ हो रही थी, जिसकी हालत और खराब हो गई थी।

"आप सब से फिर मिलूंगा। अब हम अपना काम शुरू कर रहे हैं," मैंने विकार और समिति के सदस्यों से कहा, जो परामर्श कक्ष में मेरे पीछे-पीछे आने वाले थे।

लड़का लगभग बेदम था। वह पहले ही नीम-हकीम के पास जा चुका था और उसे दिन के शुरुआती घंटों में दो इंजेक्शन दिए जा चुके थे। "उसे वार्ड में ले जाओ और उसे ऑक्सीजन देना शुरू करो," मैंने आदेश दिया। मैंने उसे दमा के मामले के रूप में माना - जैसा कि मैंने मेडिकल कॉलेज में देखा था। मैंने दस बूंद प्रति मिनट की दर से नसों के माध्यम से दी जाने वाली दवाओं को पर्चे पर लिखा और अगले रोगी को बुलाया।

यह एक जवान लड़की थी जिसके पूरे शरीर में खुजली थी। मुझे आश्चर्य हुआ कि उसने इतने दिनों तक इस अत्यधिक चिड़चिड़े और खुजली वाले घाव को कैसे सहन किया। दूसरी ओर एक बूढ़ा आदमी था जिसे अनियंत्रित मधुमेह था और उसके पैर में एक गहरा गंदा अल्सर था। कुछ दिन इस प्रकार चलता रहा, बिना किसी रुकावट के। जेसी दूसरी टेबल पर मरीजों को देख रही थी। मैं बीच अस्थमा से पीड़ित लड़के को देखने के लिए गया।

लड़का पहले की तरह बेदम था। उन्होंने ऑक्सीजन को कनेक्ट नहीं किया था। दवाओं का प्रवाह बहुत धीमी गति से चल

रहा था। मैं गुस्से में लाल हो गया,"यह क्या है?! उसे ऑक्सीजन क्यों नहीं मिल रही है? और इस प्रवाह की दर से क्या ये उसके इलाज में मदद? "मैं खुद ड्रिप ठीक करते हुए चिल्लाया।

"डॉक्टर, हमें ऑक्सीजन का इस्तेमाल करते हुए काफी समय हो गया है। हम इसे नहीं खोल पाए।" सिस्टर मरियम्मा ने क्षमा मांगते हुए कहा।

"तुमने मुझे पहले क्यों नहीं बताया?" मुझे सचमुच बहुत गुस्सा आ रहा था। मैंने सिलेंडर के वाल्व को स्पैनर से खोलने की कोशिश की लेकिन वह कसकर फंस गया था। मुझे संघर्ष करते देख चाकोचन रसोई से लकड़ी का एक भारी लट्ठा लेकर दौड़ पड़ा। उसने एक घुमाव के साथ स्पैनर को मारा। यह ऐसा था जैसे क्रिस गेल ने छक्का लगाया हो। कांच टूटने की आवाज के साथ एक जोरदार 'पॉप' और एक जोरदार हिसिंग आवाज आयी। सिलिंडर को ठीक से खोल दिया गया था, ऑक्सीजन इतनी जोर से बाहर निकल रही थी कि ट्यूब कट गई। चाकोचन के प्रहार ने ग्लास फ्लो-मीटर और ह्यूमिडिफायर- पानी के साथ कांच के कंटेनर को भी तोड़ दिया था जिसके माध्यम से ऑक्सीजन को बुलबुला बनाना था।

स्पैनर को वापस मोड़ते हुए, मैंने प्रवाह को सही किया और सीधे ही सिलेंडर को लड़के की नाक से जोड़ा। सौभाग्य से, हमारे पास एक और कांच की बोतल थी जिसमें ह्यूमिडिफायर के ग्लास ट्यूब के साथ रबर कॉर्क फिट हो सकता था। और इस तरह काफी मेहनत के साथ हम प्रवाह की उचित दर पर आर्द्रीकृत ऑक्सीजन प्राप्त कर पाए थे। मैंने फैसला किया कि मुझे अपने निर्देशों के प्रति इस तरह की बेतुकी प्रतिक्रियाओं को हमेशा के लिए समाप्त कर देना चाहिए। मैंने सिस्टर मरियम्मा की ओर रुख किया। "एक बार जब रात की बारी के लिए कर्मचारी भी आ जाए, तो आप सभी मुझसे परामर्श कक्ष में आकर मिलें। हम बैठक करेंगे।"

***

घर (बल्कि, अस्पताल) को व्यवस्थित करने में कुछ और महीने लग गए। उस दिन अस्थमा से पीड़ित लड़का पहला रोगी था। आउट पेशेंट के साथ-साथ इन-पेशेंट की संख्या दिन-ब-दिन बढ़ती जा रही थी। दो महीने में, हर दिन हमेशा दस से पंद्रह रोगी आते थे। हमारे पास उपलब्ध बिस्तरों की कुल संख्या पंद्रह थी।

दो स्टोर रूम थे जिनमें बहुत सारी पुरानी फाइलें और टूटे हुए उपकरण थे। हमने उन्हें साफ करवाया और उनमें लगाने के लिए दो नए बिस्तर खरीदे, जिससे अस्पताल की बिस्तर क्षमता अब सत्रह हो गई थी।

अस्पताल अब पूरी तरह से चल रहा था, और प्रतिदिन लगभग सत्तर मरीज परामर्श के लिए आ रहे थे। इन-पेशेंट बेड भी लगभग हमेशा भरे हुए रहते थे। अठारह प्रसव सफलतापूर्वक किए गए थे, जिनमें से सभी को माँ या बच्चे को कोई समस्या नहीं आई थी।

तभी विकर ने मुझसे संपर्क किया। "थिरुमेनी इस रविवार शाम को देखने और मिलने के लिए आ रहे हैं। हमें उस दिन आपके आवास पर स्थानीय समिति बुलानी होगी।" यह एक नाटकीय दिन था, जिसने रोगियों के प्रति मेरे दृष्टिकोण को हमेशा के लिए बदल दिया। उस दिन मुझे एहसास हुआ कि मुझे मरीजों को संभालने में ज्यादा सावधानी बरतनी होगी।

****

7.   एक भयानक त्रासदी

अस्पताल के फिर से खुलने के बाद यह पहली स्थानीय समिति की बैठक थी। थिरुमेनी स्वयं कोट्टायम से आ रहे थे। बैठक मेरे क्वार्टर में होनी थी। चाय-नाश्ते की व्यवस्था की गई। उनके आने से ठीक पहले अस्पताल से फोन आया। मौली, जो नियमित रूप से प्रसव पूर्व जांच के लिए आ रही थी, दर्द के साथ अस्पताल आ गई थी। जेसी मेरे बेटे और समिति के सदस्यों के साथ, थिरुमेनी के आने की प्रतीक्षा में, मुझे छोड़कर, प्रसव करवाने के लिए चली गई। रविवार होने के कारण नौकरानी की छुट्टी थी।

थिरुमेनी सफेद अंबेस्डर कार में हमारे दरवाज़े पर पहुंचे। वह हाथ आगे करते हुए सीधे मेरे पास आए और उन्होंने एक गर्म जोशी के साथ मुझ से हाथ मिलाया। "मुझे यह जानकर बहुत खुशी हुई कि आप यहाँ बहुत अच्छा प्रदर्शन कर रहे हैं,

डॉक्टर। इस सफलता का सारा श्रेय आपको जाता है। आपका धन्यवाद..."

इससे पहले कि मैं कुछ कह पाता, चाकोचन आया और हमारी बातचीत को बीच में ही रोक दिया। "अस्पताल में डिलीवरी के मामले में कुछ समस्या आ गई है, डाक्टर साहब। डॉ. जेसी ने मुझे आपको बुलाने के लिए कहा है।"

"मैं अभी जाकर देखता हूँ कि क्या समस्या है और जल्द ही वापस आऊँगा," मैंने उनसे कहा और चाकोचन की ओर मुड़ा, "कृपया यहाँ रहें और अजू का ध्यान रखें।"

लेबर रूम में प्रवेश करते ही मुझे कुछ गड़बड़ महसूस हुई। "बच्चे का सिर स्थिर है लेकिन बाहर नहीं आ रहा है," जेसी ने मेरी तरफ देखते हुए कहा।

"क्या तुमने वैक्यूम की कोशिश की है?" मैंने पूछा।

"अभी नहीं। मैं सोच रही थी कि क्या उसे अभी इस्तेमाल करना चहिए।"

"ठीक है, मैं संभाल लूंगा। अजू घर पर चाकोचेन के साथ है। थिरुमेनी और समिति के सभी सदस्य वहां मौजूद हैं। आप उन्हें जाकर सम्भाल लो और बता देना कि मैं जल्द ही आऊंगा।"

जैसे ही जेसी चली गई, मैंने नर्स को वैक्यूम एक्सट्रैक्टर तैयार करने के लिए कहा। इंस्ट्रूमेंट के सक्शन कप पर लुब्रिकेंट जेल को फैलते हुए मैंने उसे बच्चे के सिर पर रख दिया। मैंने हवा निकालने के लिए नर्स को सिर हिला कर इशारा किया।

हमारे पास एक क्रूड वैक्यूम एक्सट्रैक्टर था। यह मूल रूप से एक बड़ी कांच की बोतल थी जिसमें दो ग्लास आउटलेट ट्यूब वाले एयरटाइट कॉर्क थे। एक आउटलेट बच्चे के सिर पर लगाए गए सक्शन कप से जुड़ा होता है और दूसरा एक छोटे साइकिल पंप की तरह एक हैंड पंप से जुड़ा होता है। मुझे एक हल्के सीपीडी की उम्मीद थी (बच्चे के सिर की परिधि और पेल्विक आउटलेट से संबंधित सेफलो-पेल्विक विषम-अनुपात-) लेकिन उम्मीद थी कि वह वैक्यूम की मदद से डिलीवरी हो जएगी। मैंने बच्चे के सिर पर खिंचाव लगाना शुरू किया लेकिन यह हिल नहीं रहा था। मैंने खिंचाव के बल को बढ़ा दिया लेकिन सक्शन कप जोर की अवाज़ के साथ फट गया।

निराश होकर मैंने अपनी घड़ी की ओर देखा। थिरुमेनी को आए आधे घंटे से अधिक का समय हो गया था। मैंने सोचा कि क्या उन्होंने बैठक शुरू कर दी होगी। कई महत्वपूर्ण बातें थीं जिन पर मैं उनसे चर्चा करना चाहता था।

"हम फिर से कोशिश करेंगे," मैंने घोषणा की और अगले प्रयास के लिए खुद को तैयार किया। इस बार मुझे हल्की हलचल महसूस हुई, लेकिन फिर से सक्शन कप एक और भयानक आवाज़ के साथ बंद हो गया। मेरा दिल थम गया। मैंने अपने स्टेथोस्कोप से भ्रूण के दिल की धडकन सुनी और सोचा कि यह धीमा हो गया है। "फिर से,", मैंने कहा। "नकारात्मक दबाव को 600 मिमी तक बढ़ाएं!" वह अधिकतम दबाव की अनुमति थी। तीसरी बार भी मेरा प्रयास असफल हो गया। मैं थका हुआ महसूस कर रहा था। सिजेरियन के लिए इस स्तर पर रोगी को रेफर करना व्यर्थ लग रहा था। भ्रूण पहले से ही संकट के लक्षण दिखा रहा था। मैंने एक बार फिर कोशिश की और असफल रहा। अंत में, मैंने पांचवें प्रयास में बच्चे को बाहर निकाला। उत्सुकतावश, मैंने बच्चे के रोने का इंतज़ार किया। मैंने उसके नितंबों पर एक तमाचा दिया, लेकिन बच्चा बस थर-थर काँप रहा था। मैंने इसके दिल की धड़कन की जाँच की। बस एक कमजोर, धीमी धड़कन थी। हमने बच्चे को बचाने के लिए काफी प्रयास शुरू कर दिए। कुछ समय बाद, मुझे एहसास हुआ कि यह व्यर्थ था। बच्चा मर चुका था।

"क्षमा करें," मैंने मौली से कहा। "हम बच्चे को नहीं बचा सके।"

उसके गालों पर आँसू बहकर आ गए, लेकिन वह चुप थी और स्वीकार कर रही थी। हमारे उन्मत्त प्रयासों को देखकर, उसने कुछ गंभीर रूप से गलत होने का अनुमान लगा लिया था।

मैं लेबर रूम से बाहर निकला। "हमने बच्चे को खो दिया है," मैंने बाहर उसके रिश्तेदारों से कहा। मैं जाकर परामर्श कक्ष में बैठ गया। यह पूरी तरह से मेरी गलती है। हो सकता है कि अगर मैंने उन्हें सिजेरियन के लिए जल्दी रेफर कर दिया होता, तो बच्चे को बचाया जा सकता था। किसी भी मामले में, मेरे लिए बार-बार वैक्यूम निष्कर्षण का प्रयास करने का कोई औचित्य नहीं था! हो सकता है कि इससे मस्तिष्क को कुछ आंतरिक क्षति हुई हो। 'सावधानी पूर्वक पूर्वानुमान और कुशलतापूर्वक निष्क्रियता - ऐसा प्रतीत होता है कि मैंने इस उक्ति को पूरी तरह से नजर अंदाज कर दिया है। यह समिति की आसन्न बैठक थी जिसने मुझे वैसा ही व्यवहार करने के लिए प्रेरित किया जैसा मैंने किया था।

खिड़की से, मैं थिरुमेनी को अपने घर से बाहर आते और उनकी कार में जाते हुए देख सकता था। वह पिछली सीट से अस्पताल की ओर देख रहे थे। समिति के कुछ सदस्य अस्पताल की ओर ही आ रहे थे। मैंने कुछ जानी-पहचानी आवाज़ो को मौली के पिता से बात करते हुए सुना। "बच्चे के साथ कुछ गंभीर हृदय संबंधी समस्या थी," उनमें से एक ने स्पष्ट रूप से घोषणा की।

"कोई रास्ता नहीं था कि वह बच सकता था, भले ही उसे मेडिकल कॉलेज ले जाया जाता।"

मथाई सर मेरे कमरे में आए। "हमने उन्हें बताया है कि बच्चे को दिल की गंभीर बीमारी थी। आप उस पर टिके रह सकते हैं।"

दरवाजा फिर से खुला, और 5-6 लोग अंदर आए। "वास्तव में क्या हुआ, डॉक्टर?"

"सच कहूँ तो, मुझे नहीं पता," मैंने टूटे स्वर में उत्तर दिया। मैं मेरी आँखों में आँसुओं को नियंत्रित नहीं कर सका और स्वतंत्र रूप से मेरे चेहरे पर तकलीफ़ झलकने लगी। "मुझे लगता है कि बच्चे को बचाया जा सकता था अगर उसे पहले सीज़ेरियन के लिए कहीं भेजा गया होता।" मैंने मथाई सर को चुपचाप कमरे से निकलते हुए देखा।

मौली के पिता ने आकर मेरे कंधे पर हाथ रखा। "कृपया परेशान न हों, डॉक्टर। यह भगवान की इच्छा थी।" मेरी गलती या भगवान की इच्छा?" उन्होंने मुझे दिलासा देना जारी रखा। "हम जानते हैं कि आपने अपना सर्वश्रेष्ठ किया, डॉक्टर। अपना अच्छा काम जारी रखें। हम आपके लिए प्रार्थना करेंगे।"

मैं खुद को नास्तिक मानता था। मैं शायद ही कभी चर्च जाता था। लेकिन एक तरह से उस दिन मुझे दण्ड से बचाने वाले ईश्वर ही थे। मैं केवल इन लोगों की अच्छाई पर अचंभित था या फिर यह उनके भगवान और भाग्य में उनके अंध विश्वास के कारण था? क्या होता, अगर वे नास्तिक होते? क्या उन्होंने अलग तरीके से जवाब दिया होता? मैंने निष्कर्ष निकाला कि नास्तिक, अज्ञेयवादी, या आस्तिक; यह प्रत्येक व्यक्ति का मूल स्वभाव है जो उन्हें उनके जैसा व्यवहार करने के लिए प्रेरित करता है।

मौली को IV तरल पदार्थ के साथ दिन भर के लिए भर्ती कराया गया था। तमाम कोशिशों से वह थक चुकी थी। उसके पिता ने एक अनुरोध के साथ मुझसे संपर्क किया। "डॉक्टर, चूंकि बच्चा मृत पैदा हुआ था, हम उसे चर्च में नहीं दफना सकते हैं। क्या हम उसे अस्पताल के परिसर में ही दफना सकते हैं?" अस्पताल की इमारत के पीछे परिसर में ही जमीन का एक बड़ा हिस्सा खाली था। समिति के कुछ सदस्यों की असहमति को खारिज करते हुए, मैंने अनुमति दे दी।

"डॉक्टर, थिरुमेनी या कम से कम स्थानीय समिति की मंजूरी के बिना उन्हें हमारे परिसर में बच्चे को दफनाने की अनुमति देना उचित नहीं होगा," मथाई सर ने मुझे बताया।

"मैं जिम्मेदारी लूंगा।" मैं मजबूती से खड़ा रहा। चाकोचन ने उन्हें दफनाने में मदद की।

मैं भारी मन से घर गया। निराश होने के कारण मैंने अपनी पत्नी को अस्पताल से अगली कॉल पर उपस्थित होने के लिए कहा और अपने बेटे के साथ फर्श पर बैठ गया। वह चंचल हरकतों से भरा हुआ था, लेकिन इसने मुझे मृत बच्चे की और याद दिला दीं। अब हमारे अस्पताल में डिलीवरी का विकल्प कौन चुनेगा? अगर कोई आता है, तो क्या मैं इसे संभाल पाऊंगा?

तभी, चाकोचन आया और घोषणा की कि एक और प्रसव का मामला आया था और मेरी पत्नी कई अन्य रोगियों में व्यस्त थी। मैं फिर से चाकोचन के साथ अजू को छोड़कर अस्पताल की ओर चल पड़ा।

ये थीं श्रीकुमारी, जो नियमित रूप से चेकअप के लिए आ रही थीं। वह लंबी और स्वस्थ महिला थी। मुझे कोई समस्या नहीं होने का अनुमान था। यह उनकी दूसरी गर्भावस्था थी। उसका तीन साल का बच्चा भी अपने दादा-दादी के साथ आया था, छोटे बच्चे के आने का बेसब्री से इंतजार कर रहा था। सभी नकारात्मक विचारों को दूर करते हुए, मैं प्रसव करने के लिए आगे बढ़ा। यह

बिल्कुल नॉर्मल डिलीवरी थी। लड़का हुआ था जो जोर से रो रहा था।

मैं घर लौटने से पहले मौली को देखने गया था। "वह ठीक थी, लेकिन अभी-अभी पैदा हुए बच्चे के रोने की आवाज सुनकर रोने लगी," नर्स ने मुझे बताया।

जब मैं घर वापस आया तो मुझे लगा कि मेरा आत्मविश्वास लौट रहा है। डॉक्टर के लिए नॉर्मल डिलीवरी कराने और बच्चे की रोने की आवाज सुनकर मां के चेहरे पर तृप्ति की मुस्कान देखने से ज्यादा खुशी की बात और कुछ नहीं होती। मुझे बाद में पता चला कि चिकित्सा अधीक्षक की अनुपस्थिति के कारण समिति को बिना कोई कार्य किये समाप्त कर दिया गया। थिरुमेनी ने जोर देकर कहा था कि मेरी अनुपस्थिति में कोई निर्णय नहीं लिया जाए।

कुछ दिनों बाद, मुझे उनका एक पत्र मिला। उन्होंने निराश नहीं होने और आगे बढ़कर अस्पताल को विकसित करने की योजना बनाने के लिए लिखा था। 'मैं समझता हूं कि अगर आपको हर चीज के लिए स्थानीय समिति से मंजूरी लेनी है तो यह आपके लिए मुश्किल है। मैं आपको आवश्यकतानुसार निर्णय लेने की स्वतंत्रता दे रहा हूं। मैं आपका समर्थन करूँगा।'

8.   सैली को रियायत

सैली के अपने माता-पिता और अपने बेटे के साथ घर चले जाने के दो हफ्ते बाद, उसके पिता आए। "मैं अस्पताल का बकाया पैसा लेकर आया हूं, डॉक्टर।"

"आप इसे काउंटर पर भुगतान कर सकते हैं," मैंने कहा। जैसे ही वह बाहर गए, मुझे याद आया जब वे अस्पताल से छुट्टी मिलने के बाद बच्चे के साथ पैदल घर जा रहे थे, क्योंकि वे एक जीप किराए पर नहीं ले सकते थे। मेरा मन पसीज गया ओर मेंने सोचा, क्या ये पैसे लेने जरूरी हैं मेरे लिए?

नि:शुल्क उपचार की स्वीकृति के संबंध में मेरे निर्णयों को लेकर हमेशा विवाद होते रहे हैं। स्थानीय समिति में बहुत से लोग इस पहलू में थिरुमेनी द्वारा मुझे दी गई पूर्ण शक्तियों के बारे में नाखुश थे। मैं यह ध्यान रखता था कि वास्तव में योग्य रोगियों को ही नि:शुल्क उपचार की सुविधा दी जाए। मैं रूप-रंग और पहनावे

से अपने आकलन पर भरोसा करता था लेकिन कभी-कभी अक्सर गुमराह हो जाता था।

एक बार एक बुजुर्ग आदमी मेरे पास चेक-अप के लिए आये। वह थोड़ा सा झुका हुए थे और उनके तन पर कोई कपडा नहीं था, उनके कंधे पर सिर्फ एक तौलिया लटका हुआ था। उन्हें रक्तचाप, कोलेस्ट्रॉल और शुगर की समस्या थी। उन्होंने पथानामथिट्टा के एक चिकित्सक से एक पुराना पर्चा मुझे दिखाया ओर कहा, "मैं नियमित रूप से इस डॉक्टर के पास चेक-अप के लिए जा रहा था। लेकिन समय कठिन है। मुझे आशा है कि आप मेरी जांच करेंगे और मेरी दवाओं को समय के अनुसार लेने की जानकारी देंगे। और कृपया मुझे बिल पर अधिकतम कटौती दें।"

मैंने वादा किया था कि मैं इस पर गौर करूंगा, और उसे जांच के लिए लैब में भेज दिया। मैंने नर्स मरियम्मा को यह पता लगाने के लिए बुलाया कि क्या वह उन्हें जानती हैं और क्या वह कुछ रियायतों के हकदार हैं। नर्स अपनी हंसी छुपा नहीं पाई। "डॉक्टर, वह चित्तर के सबसे धनी व्यक्तियों में से एक है। वह काजू का कारोबार करता है जिसे वह छोटे किसानों से खरीदता है। उसके पास लगभग तीस लोग काम कर रहे हैं जो मेवों को संसाधित करने, पैक करने और उन्हें निर्यात के लिए भेजने के

लिए काम करते हैं। उसकी शक्ल से मूर्ख मत बनिए। चर्च जाने के अलावा वह कभी शर्ट नहीं पहनता है।"

मुझे मूर्खता महसूस हुई। कभी कभी दिखावा भ्रामक हो सकता है! "ठीक है उसे आने दो। मैं उससे निपट लूंगा।"

एक और दिन, एक अच्छे कपड़े पहने बुजुर्ग को तेज बुखार और सांस लेने में कठिनाई के साथ लाया गया। उन्हें मधुमेह और रक्तचाप जैसी सभी बीमारियाँ थीं। उन्हें तीव्र निमोनिया होने का पता चला और उन्हें भर्ती कराया गया और उनका गहन उपचार शुरू किया गया। उन्होंने हमारे पास सबसे अच्छे कमरे का विकल्प चुना, जो कि दो स्नानघर से जुड़े सिंगल कमरों में से एक था। पांच दिनों के बाद, वह बेहतर थे ओर उन्हे डिस्चार्ज करना था।

डिस्चार्ज होने से ठीक पहले वह मेरे कमरे में आए थे। "डॉक्टर, मैं चर्च का प्रचारक हूं। मैं मुफ्त इलाज या भारी छूट मिलने का पात्र हूं।"

मैं दंग रह गया। "हम कमरों का उपयोग करने वालों को छूट नहीं देते हैं। यह केवल उन मरीजों के लिए है जो वार्ड में भर्ती हैं।" मैंने उन्हें सूचित किया।

"आप मुझे नहीं जानते, डॉक्टर। मैं आपको निर्देशित करने के लिए खुद थिरुमेनी से आपकी बात करवाता हूं।" वह अहंकारी था।

"आप वही करें जो आप चाहते हैं, लेकिन आप बिल का निपटारा किए बिना नहीं जा सकते हैं।" मैं भयभीत होने वाला नहीं था और मैंने उसे यह स्पष्ट कर दिया।

"ठीक है, हम कल का इंतज़ार करेंगे," उसने जवाब दिया और अपने कमरे में वापस चला गया।

अगले दिन की शाम तक, उसने अस्पताल का बिल पूरा निपटा दिया और बिना कुछ कहे निकल गया। मुझे पता चला कि उन्होंने कोट्टायम में थिरुमेनी को देखने के लिए एक दूत भेजा था। उन्हें अस्पताल में बिल का भुगतान करने और यदि उन्हें कोई वित्तीय सहायता चाहिए, तो चर्च को एक आवेदन देने के निर्देश के साथ वापस भेज दिया गया।

कुछ समय बाद एक और विवाद खड़ा हो गया- इस बार अति उदार होने को लेकर। एक भिखारी महिला अपने ग्यारह साल के बेटे के साथ आई थी। वह अपनी उम्र के हिसाब से बूढ़ी लग रही थी। उसका छोटा बच्चा, लगभग सात साल की एक लड़की भी उसका हाथ पकड़े हुए थी।

लड़का फुटबॉल जैसा लग रहा था! उसकी माँ ने बताया कि कैसे उसके पैरो में और चेहरे पर धीरे-धीरे सूजन आ गई थी, जब तक कि पूरा शरीर सूज नहीं गया। मैंने उसके मूत्र त्याग के बारे में पूछा और माँ ने उत्तर दिया कि वह पिछले कुछ दिनों में मुश्किल से पेशाब कर रहा था। मैंने उनका ब्लड प्रेशर चेक किया जो बहुत ज्यादा था। उसके दोनों पैरो पर त्वचा में संक्रमण के निशान थे। कुछ छालों से मवाद निकल रहा था।

इस बारे में पूछे जाने पर, उसने मुझे बताया कि यह एक महीने से अधिक समय हो रहा था, और वह एक आयुर्वेद चिकित्सक से इलाज करवा रहा था, जो माना जाता है कि सभी मवाद को बाहर निकालने के लिए दवाएं दे रहे थे। हालाँकि लड़के के शरीर पर सूजन आ रही थी और उसे बुखार हो रहा था, वह भिखारी महिला खुश लग रही थी कि सारा मवाद बाहर निकल रहा था!

गुर्दे में तीव्र सूजन ! मैं निदान के बारे में निश्चित था। यह त्वचा के संक्रमण के कारण हुआ होगा। शरीर एंटीबॉडी द्वारा संक्रमण से लड़ता है और इस भीषण लड़ाई से सभी तत्व गुर्दे में जमा हो जाते हैं, जिससे उसकी नलिकाएं अवरुद्ध हो जाती हैं। गुर्दों में सूजन आ जाती है और वे मूत्र को बाहर निकालने के अपने

कार्य में विफल हो जाते हैं। शरीर में जमा सारा तरल पदार्थ एक जगह एकत्रित हो जाता है, जिससे वह सूज जाता है।

लड़के को वार्ड में भर्ती कराया गया था। प्रयोगशाला परीक्षणों द्वारा निदान की पुष्टि की गई थी। उपचार शुरू किया गया था- पूरी तरह से नमक से परहेज, तरल पदार्थ को प्रतिबंधित करना, मूत्र उत्पादन और वजन की दैनिक निगरानी और क्रिस्टलीय पेनिसिलिन के छह घंटे के इंजेक्शन। पहले दिन, गुर्दे को अधिक मूत्र बाहर निकालने में मदद करने के लिए लेसिक्स भी दिया गया था। उसकी हालत में सुधार दिखने लगा था।

मथाई सर कुछ दिनों बाद अस्पताल आए। "मैंने सुना है कि यहां एक भिखारी महिला है और उसका बच्चा यहां भर्ती है। क्या वे बिल का भुगतान कर पाएंगे?"

"हम उन्हें अधिकतम छूट देंगे," मैंने जवाब दिया।

"तुम्हारे पास यहाँ आने वाले सभी भिखारी होंगे! बेहतर होगा कि आप उन्हें सरकारी अस्पताल में भेज दें।" वह अपनी बात कह कर चले गए। "स्थानीय समिति के सदस्य आपके फैसलों से बहुत खुश नहीं हैं। वे कहते हैं कि आप चर्च के प्रचारकों को मना करते हुए नाजायज जन्मों और भिखारियों के लिए रियायतें दे रहे हैं।"

मैंने उनकी सलाह पर ध्यान नहीं दिया। लड़का दिन-ब-दिन सुधरता जा रहा था, उसका वजन पांच किलोग्राम से अधिक कम हो गया था, सूजन कम हो गई थी, और वह एक इंसान की तरह दिखने लगा था। उन्हें एक सप्ताह से अधिक समय तक अस्पताल में रहना पड़ा। डिस्चार्ज होने से पहले बिल बुक मेरे पास लाई गई। मैंने प्रत्येक वस्तु का बिल लिख दिया। वार्ड में रहने के कारण उनका बिल अपेक्षाकृत कम था लेकिन फिर भी 240 रुपये आ गया। मुझे कितनी छूट देनी चाहिए? मुझे लगा कि वे कुछ भी भुगतान करने के लिए बहुत गरीब हैं। बिना ज्यादा झिझक के मैंने छूट की राशि 240 और भुगतान की जाने वाली शेष राशि- शून्य लिख दी।

जाने से पहले, महिला अपने बच्चों के साथ आई। "मैं आपके लिए रोज प्रार्थना करूंगी, डॉक्टर। आप और आपके बच्चे धन्य हों," उसने हाथ जोड़कर कहा। उसकी आवाज में ईमानदारी और दृढ़ विश्वास की मज़बूती थी जिसने मेरे दिमाग में एक स्थायी प्रभाव छोड़ा। एक दुर्गम स्थान पर काम करने के लिए राजी करते हुए मेरे पिता के शब्दों की गूंज सुनाई दे रही थी ऐसा लग रहा था कि, मानो वो जो चाहते थे, मैंने कर दिखाया। बरसों बाद भी मेरी आदत हो गई, जब भी मुझे चुनौती का अहसास होता, तो मैं उनके कहे हुए शब्दों को याद करता।

मैंने सैली के पिता को वापस बुलाया। "रुकना! मुझे लगता है कि मैं इसे माफ कर सकता हूं। अब बैठ जाओ और मुझे बताओ कि सैली और उसका बेटा दोनो कैसे हैं।"

"बहुत बहुत धन्यवाद डॉक्टर साहब।" बैठने के दौरान वह काफी राहत महसूस कर रहा था। "वास्तव में हम कठिन समय से गुजर रहे हैं। सैली हर समय बस बैठी रहती है और चिढ़ती है। वह खाना भी नहीं खाती है। वह बच्चे की देखभाल करती है, लेकिन उसके स्तन का दूध सूख गया है और हमें उसे खिलाने के लिए फार्मूला खाद्य पदार्थ खरीदना पड़ रहा है। हमारे पड़ोसी के पास एक गाय है जो बहुत दूध देती है, लेकिन वे हमें दूध बेचने से हिचकिचाते हैं। हम सभी को अलग-थलग कर दिया गया है। लोग हमसे बात करने से भी कतराते हैं, हालांकि मैं जानता हूं कि वे पीठ पीछे हमारे बारे में बहुत कुछ बोलते हैं। बड़ी मुश्किल से मैंने इस पैसे को यहां अपना बकाया चुकाने के लिए जमा किया। अब जब आपने मुझे इसे रखने दिया है, तो हमारे पास बच्चे के लिए दूध का पाउडर खरीदने के लिए कम से कम कुछ और हफ्तों के लिए पर्याप्त धन होगा।"

वह खुश लग रहा था कि कोई उसकी परेशानी सुनने को तैयार है। मैं देख सकता था कि वह भी बहुत बदल गया था। उसका वजन कम हो गया था और उसका चेहरा टेढ़ा लग रहा

था। "सैली से कहो कि किसी दिन आकर मुझसे मिले," मैंने सलाह दी। " मैं उससे बात कर सकता हूँ और उसके अवसाद को कुछ हद तक दूर करने की कोशिश कर सकता हूँ।"

"अगले हफ्ते, हम कासरगोड जाने की योजना बना रहे हैं। हम सभी को कुछ समय के लिए इस जगह से दूर रहने की जरूरत है। मेरी चचेरी बहन वहीं रहती है। वह सैली के बहुत करीब थी। जब से उसकी शादी हुई और कासरगोड चली गई, तब से हम उससे ज्यादा संपर्क नहीं कर रहे थे- वह जगह यहाँ से बहुत दूर है।

"इस घटना के बाद से, वह बार-बार लिख रही है कि हम उससे मिलने के लिए वहाँ जाएं। वह चाहती है कि हम एक महीने तक उनके साथ रहें। उसका पति बहुत अच्छा है, और वे अपेक्षाकृत बहुत अच्छे से जीवन यापन कर रहे हैं। यह हमारे लिए अच्छा बदलाव होगा।"

"मैं सहमत हूँ। मैंने कहा, कासरगोड से लौटने के बाद मैं आपको देखूंगा," और उन्हें अलविदा कह दिया। "सैली को मेरा अभिवादन दें।"

****

9. एक मित्र, चित्तर में

सीकेएम को जानना, चित्तर में मेरे साथ हुई सबसे अच्छी बातों में से एक था। सीकेएम, सी. कुरियन मैथ्यू प्रोपराइटर, सेल्समैन, कैशियर, और सीकेएम एजेंसी के मालिक थे- जो कि चित्तर में छोटी सी, लेकिन केवल हार्डवेयर की दुकान थी। मैं वहाँ कुछ उपकरण और कीले लेने के लिए गया था ताकि कुछ खूंटो को ठीक किया जा सके और घर पर कुछ तस्वीरें लटकाई जा सकें। सामान लेने और बिल चुकाने के बाद मैं निकलने ही वाला था कि उसने मुझे रोका।

"कृपया एक मिनट प्रतीक्षा करें। मैंने आप को पहले नहीं देखा। क्या मैं जान सकता हूँ कि आप कौन हैं?"

मैंने अपना परिचय दिया। "तो आप नए डॉक्टर हैं!" वह मुझसे मिलकर बहुत खुश लग रहा था। "आप रुकिये ना, बैठकर एक कप चाय पीते हैं? मैं आपको बेहतर रूप से जानना चाहूंगा।"

"क्षमा करें, लेकिन आप जानते हैं, मैं ड्यूटी पर हूं। हम नहीं जान सकते कि अस्पताल से अगली कॉल कब आएगी। अगर वे मुझे नहीं ढूंढ पाए तो बहुत मुश्किल होगी।"

"डॉक्टर, चिंता मत कीजिये," उन्होने अपनी मेज पर रखे टेलीफोन की ओर इशारा करते हुए कहा। "बस अस्पताल में फोन कर दीजिए और उन्हें यह नंबर दे दिजिए। जरूरत पड़ने पर वह यहाँ कॉल कर सकते हैं।"

यह चित्तर में बहुत कम टेलीफोन कनेक्शनों में से एक था, दूसरा अस्पताल में था। मैंने अस्पताल को फोन किया और पुष्टि के लिए उन्हें वापस काल करने के लिए कहा। मुझे आराम महसूस हुआ। यह पहली बार था जब मैं अस्पताल और घर से दूर था, ओर वह भी बिना किसी आपात स्थिति में पहुंचने के बारे में चिंता किए बिना। सीकेएम ने घंटी बजाई, और उसका बारह वर्ष का पुत्र वहाँ आ गया। "माँ से हम दोनों के लिए चाय बनाने के लिए कह दो। यह नए डॉक्टर साहब हैं।"

उनकी पत्नी चाय के साथ कुछ कटलेट लेकर आई तो मुस्कुराते हुए बोली, "हम आपको यहाँ पाकर बहुत खुश हैं! भगवान न करे, पर किसी भी चिकित्सीय समस्या के मामले में अब हमारे पास जाने के लिए है कोई जगह है!

कटलेट खाते हुए और चाय की चुस्की लेते हुए, मैंने देखा कि टेबलटॉप पर कांच के नीचे एक अधेड़ उम्र के व्यक्ति की तस्वीर दिखाई दे रही थी।

"क्या यह तुम्हारे पिताजी हैं?"

"यह डॉ. के.एम. थॉमस हैं। वह मेरे लिए भगवान हैं!"

मेरी उभरी हुई भौंहों को देखकर वह समझाने लगा।

"सऊदी अरब में एक अमेरिकी कंपनी में इंजीनियर के रूप में काम करते हुए, मुझे तेज बुखार के साथ दाहिनी जांघ में दर्द और सूजन हो गई। मुझे वहां एक बड़े अस्पताल में भर्ती कराया गया था, लेकिन दिन-ब-दिन हालत बिगड़ती जा रही थी। डॉक्टर ने फैसला किया कि मेरे जीवन को बचाने का एकमात्र तरीका ऊपरी जांघ से दाहिने पैर को काटना है। मैंने साफ मना कर दिया और यहां इलाज कराने के लिए घर वापस आने का फैसला किया। कई मित्रों ने मुझे जोखिम न लेने की सलाह दी। मेरा देश के सबसे अच्छे अस्पतालों में से एक में इलाज चल रहा था, और कंपनी मेरे इलाज के लिए पैसे दे रही थी"।

एक मित्र ने सी. के. एम. को कोच्चि के एक हड्डी रोग विशेषज्ञ डॉ. के.एम. थॉमस को दिखाने कि सलाह दी थी। जब

तक वह डॉक्टर के अस्पताल पहुंचे, तब तक वह बुखार से बेहाल थे। उनका दाहिना पैर लाल था, और उसका आकार सूजन के कारण दोगुना हो गया था।"

सी के एम ने उनसे कहा, "मैं विच्छेदित होने के बजाय मरना पसंद करूंगा।"

डॉक्टर दयालु और सहानुभूति पूर्ण थे।" ऐसा बिल्कुल भी नहीं है कि मैं तुम्हारा पैर काटने वाला हूँ। मैं एक सर्जरी करने के बारे में सोच रहा हूँ जिसके द्वारा मैं सभी मवाद और मलबे को हटा दूंगा और फिर देखूंगा कि एंटीबायोटिक्स काम करते हैं या नहीं।"

उन्होंने बताया कि उन्हें तीन सप्ताह तक अस्पताल में रहना पड़ा। सर्जरी ने उनकी ऊपरी जांघ के किनारे एक बड़ा घाव छोड़ दिया था। ड्रेसिंग प्रतिदिन लगाई जाती थी, और नई त्वचा धीरे-धीरे आने लगी थी। त्वचा बढ़ने लगी और घाव को ढकने लगी। छुट्टी मिलने तक वे बैसाखी के सहारे चल-फिर सकते थे।

"यही कारण है कि वह मेरे लिए भगवान हैं," सीकेएम ने अपनी बात कहते हुए चाय का कप नीचे रखा। "कंपनी से मिली ग्रेच्युटी राशि और मेरे पास जो बचत थी, उससे मैंने यह पुराना

घर खरीदा और सामने एक दुकान बनाई, और हार्डवेयर का व्यवसाय शुरू किया। हालाँकि आय सऊदी में जो मैं कमा रहा था उसका एक अंश मात्र है, पर मैं जीवित हूँ और अभी भी मेरे दोनों पैर हैं यह मेरे लिए काफी है! कभी-कभी मुझे दर्द और सूजन हो जाती है। मैं तुरंत डॉ थॉमस से संपर्क करता हूँ और उनकी दवाएं लेने से वह कम हो जाती है।"

अचानक फोन बज उठा। यह मेरे लिए था। कक्ष चार में भर्ती वृद्ध मधुमेह रोगी था और उनका तापमान अधिक चल रहा था और वह बेसुध लग रहा था।

"हम फिर मिलेंगे!" मैंने आवाज़ लगाई और अपनी बाइक की तरफ दौड़ा।

"आपका सामान, डॉक्टर।" सीकेएम मेरे पीछे दौड़ा और मुझे वह पार्सल सौंप दिया जिसे मैं भूल गया था। मैंने देखा कि वह थोड़ा लंगड़ा कर चल रहा था।

सीकेएम से मिलने जाना लगभग एक दैनिक दिनचर्या सी बन गई थी। मैं दोपहर के भोजन के बाद झपकी लेता। उस समय के दौरान अस्पताल से आने वाली कॉलों पर जेसी ध्यान दिया करती थी, जिससे मुझे आराम मिल जाता, जो मुझे रात भर की कॉलों को लेने के लिए पर्याप्त था। ज्यादातर बच्चों का जन्म रात

में ही हुआ था। 'रात में जो शुरू हुआ वह रात में खत्म हो जाएगा,' हमारे स्त्री रोग के प्रोफेसर कहते थे।

झपकी और एक कप कॉफी से उत्साहित होकर, मैं शाम का ओपी साढ़े तीन बजे शुरू किया करता था। थोड़ी देर बाद जेसी भी इसमें शामिल हो जाती थी। पहले से ही इंतज़ार कर रहे मरीज़ों को एक साथ देखकर मैं घर चला जाता जहाँ अजू तैयार होकर बाइक पर चढ़ने का बेसब्री से इंतजार किया करता था। सीकेएम के बच्चे उसके साथ उत्सुक्ता से खेला करते थे।

मैं उसके साथ दुकान में बैठ जाता, सूरज की गुनगुनी धूप के नीचे हर चीज के बारे में बात करता। कभी-कभी ग्राहक आते थे तो सीकेएम उन्हे संभालता और मैं बैठा देखता रहता था। जब तक मेरी पत्नी ने ओपी समाप्त कर घर वापस आती, तब तक मैं भी अजू के साथ वापस आ जाया करता था।

दिनचर्या से इस दैनिक ब्रेक ने त्रिवेंद्रम में अपने दोस्तों के साथ मेरे द्वारा बिताए गए समय ओर यादो को भरने में मदद की। जेसी के पास खुद को समय देने के लिए ज्यादा रिश्तेदार नहीं थे। वह कभी कभी अवसरों पर, वह अजू के साथ अपने माता-पिता से मिलने जाती थी। वह शनिवार की शाम की बस लेती और, अगले दिन शाम तक लौट कर वापस आ जाती। यह एक थका

देने वाला सफर होता था, लेकिन इससे उसे अपनी दिनचर्या से थोड़ी राहत मिल जाया करती थी।

कभी-कभी सीकेएम हमें रविवार को दोपहर के भोजन के लिए उनके साथ शामिल होने के लिए आमंत्रित करते थे। हम सभी ने मौकों का आनंद लिया- न केवल सौहार्द और संगति के लिए, बल्कि हमारे लिए रखे भव्य और शानदार भोजन के लिए।

****

10.   एक अंदरूनी खलनायक

अस्पताल में मरीजों की कोई कमी नहीं थी। लेकिन महीने के अंत में, जब मैंने खुद को, अपनी पत्नी और कर्मचारियों सहित सभी को उनके वेतन का भुगतान किया, और बिजली और अन्य बिलों का भुगतान किया, तो बहुत कम बचत के तौर पर रहता था।

मैं हर महीने कुछ राशि बचाने और अस्पताल को विकसित करने के लिए एक फंड बनाने की कोशिश कर रहा था। मैंने आय और व्यय का गहन विश्लेषण किया। प्रमुख आय दवाओं की बिक्री से थी और सबसे बड़ा खर्च दवा खरीद पर ही था। मैं देख सकता था कि बिक्री से हमें जो थोड़ा सा मार्जिन मिला वह परिवहन लागत में चला जाया करता था।

मथाई सर दवाओं की खरीद के प्रभारी थे। मैंने एक दिन उनसे मिलकर बात की और कहा, "सर, इतने मरीज होने के

बावजूद हम कोई मुनाफा नहीं कमा रहे हैं। हमारी ज्यादातर आमदनी दवाओं की बिक्री से होती है लेकिन हमें उसके लिए कोई मार्जिन नहीं मिल रहा है।"

"मुझे एक थोक ड्रग डीलर- सेंट मैथ्यू ड्रग हाउस, रन्नी से दवा मिलती हैं। वे लोग बहुत सख्त हैं। वे कीमत कम नहीं करेंगे, भले ही मैं उनके साथ कड़ा मोल भाव करूँ।" मथाई सर थोड़ा रक्षात्मक लग रहे थे।

"अगली बार, मैं खुद जाकर कोशिश करूँगा।"

वह मेरी बात से बहुत सहमत नहीं लग रहे थे। "यह आपके समय की बरबादी होगी, डॉक्टर। इसके अलावा, यह अस्पताल में काम को प्रभावित करेगा।"

"डॉ जेसी एक दिन के लिए अकेले प्रबंधन करेगी, मैंने जवाब दिया। वैसे भी, मैं कोशिश करना चाहता हूँ।"

मैंने खुद वहाँ जाने का निश्चय किया और यह मेरी बाइक से एक घंटे की दूरी पर था। सेंट मैथ्यू ड्रग हाउस शहर के बीचों बीच एक प्रभावशाली इमारत थी। बस स्टैंड के सामने से आ रही धूल और शोर परेशान कर रहे थे। मैंने काउंटर पर अपना परिचय

दिया और मैनेजर से मिलने को कहा। कुछ ही पलों में मुझे उनके शीशे के केबिन में ले जाया गया।

"आपका स्वागत है, डॉक्टर साहब।" एक दयालु बूढ़ा अपनी कुर्सी से उठा और हाथ बढ़ाया। "मैंने आपके बारे में बहुत कुछ सुना है। आप वहां बहुत अच्छा काम कर रहे हैं! आप देखिए, मेरी शादी चित्तर में हुई है। मेरे ससुर आपके मरीज हैं और वह हमेशा आपकी बहुत तारीफ करते हैं। ऐसा लगता है कि आपने उनका मधुमेह नियंत्रण में कर लिया है।"

मैं भारी गद्देदार कुर्सी पर बैठ गया। केबिन बाहर की धूल और शोर से मुक्त था और मैं अपने लिए लाए गए ठंडे नींबू पानी की चुस्की लेते हुए पंखे की हवा के नीचे ठंडा और आरामदायक महसूस कर रहा था। मैंने सोचा, वह इस अति-मित्रवत व्यापार व्यवहार के साथ एक चतुर व्यवसायी होना चाहिए। लेकिन उनकी गर्मजोशी असली लग रही थी। क्या यह वह व्यक्ति है जो दवा के बढ़े हुए बिल हमारे अस्पताल में भिजवाता है?

मैं व्यापार के लिए आया हूँ, मेरा मतलब है कि, "मैं अस्पताल के लिए दवा खरीदने आया हूँ। लेकिन इससे पहले, मैं मूल्य निर्धारण के बारे में स्पष्ट होना चाहता हूं। ऐसा लगता है कि

आप बहुत अधिक मूल्य ले रहे हैं- विशेष रूप से यह देखते हुए कि हम थोक में खरीद रहे हैं।"

उसका चेहरा पूरी गंभीरता से बदल गया। "वास्तव में डॉक्टर, मैं आपको अभी जो चार्ज कर रहा हूं उससे बीस प्रतिशत कम पर मैं आपको सभी दवाएं दे सकता हूं। लेकिन फिर हम किसी को कमीशन देने का जोखिम नहीं उठा सकते।"

मैंने जो सुना, मुझे उस बात पर विश्वास नहीं हो रहा था। मथाई सर स्थानीय समिति में सबसे वरिष्ठ सदस्य, रविवार स्कूल के प्रधानाध्यापक और चर्च सभा में स्थानीय पैरिश के प्रतिनिधि थे। वह ऐसा कैसे कर सकते थे?

"वह चित्तर में स्थानीय रूप से बहुत सम्मानित व्यक्ति हैं," मैंने उनकी बातों का विरोध किया।

"मुझे पता है, डॉक्टर, मैंने उन्हें मना करने के बारे में भी सोचा था। लेकिन मुझे पता है कि तब वह मेरे प्रतिद्वंद्वी के पास चले जायेंगे, जो बिल को तीस प्रतिशत तक बढ़ाने के लिए भी सहमत हो सकता है!"

मुझे अपने भीतर एक क्रोध महसूस हुआ। मथाई सर फायदा क्यों उठा रहे थे? क्या यही कारण है कि अस्पताल इतने सालों में समृद्ध नहीं हुआ?

"मैं आपको और भी बेहतर तरीका बता सकता हूं," उन्होंने फिर से बात की। "मैं विभिन्न कंपनियों के चिकित्सा प्रतिनिधियों को आपके अस्पताल में भेज सकता हूं, और आप सीधे उनके साथ अपने आदेश दे सकते हैं। आपको और भी कम कीमत मिलेगी और आपको बहुत सारे मुफ्त नमूने मिल सकते हैं जिनका उपयोग आप अपने गरीब रोगियों की मदद के लिए कर सकते हैं।"

मुझे लगा कि उसकी बातें सच होने के साथ बहुत अच्छी थीं। "लेकिन क्या आप हमारे साथ अपना व्यवसाय नहीं खोएंगे?"

"डॉक्टर, मेरा एक अच्छा फलता-फूलता व्यवसाय है। मैं अपना पेट भरने के लिए पर्याप्त और उससे अधिक कमाता हूं। मेरे बच्चे बड़े हो गए हैं और अपने दम पर काम कर रहे हैं। आप वहां जो काम कर रहे हैं, उसमें आपकी मदद करने के लिए मैं कम से कम इतना तो कर ही सकता हूं। मेरा एकमात्र अनुरोध है, कृपया अपना काम मत छोड़िएगा!"

अपनी बाइक की पिछली सीट पर बंधी दवाओं के बड़े गत्ते के डिब्बे के साथ घर वापस आते हुए, मैं उत्साहित महसूस कर रहा था। न तो सूरज की कोप और न ही धुएँ और धूल के दमकते बादल का मुझ पर कोई असर हुआ। मैंने हिसाब लगाने की कोशिश की कि मथाई सर इससे कितनी कमाई कर रहे थे। निश्चित रूप से यह मेरे मासिक वेतन के तीन गुना से अधिक होगा! और अगर कंपनियों से सीधे खरीदारी का नया सिस्टम काम करता है, तो हर महीने लगभग सात हजार रुपये की बचत हो सकती है! मैं जल्द ही अपनी लैब और अन्य सुविधाओं को उन्नत कर सकूंगा।

कुछ ही दिनो में मेडिकल प्रतिनिधि आने लगे। उनमें से अधिकांश पहली बार चित्तर देख रहे थे। "मैंने पहले ही एक महीने के लिए दवाएं खरीद ली हैं। मुझे अगले महीने तक ही आपूर्ति की आवश्यकता होगी," मैंने उनसे कहा।

"ठीक है डॉक्टर। आप अभी आदेश दे सकते हैं। हम अगले महीने तक आपूर्ति करेंगे, और आपको आपूर्ति के पैंतालीस दिन बाद ही बिल का भुगतान करना होगा।"

वे बहुत सारे नि:शुल्क नमूने छोड़ कर चले जाते थे। अब मुझे गरीब मरीजों की मदद के लिए अस्पताल से दवायें नहीं देनी पड़ेंगी, मैं ये मुफ्त दवाएं बांट सकता हूं।

व्यवस्था नियमित होने के बाद वे हमारे लिए व्यक्तिगत उपहार भी लाने लगे। हम उन्हें स्वीकार किया करते जो बहुत महंगे नहीं थे। इस प्रकार हमने प्लेट, कप, फ्लास्क और कैसरोल जैसे पर्याप्त सामान्य बर्तन प्राप्त कर लिए थे जो कि अस्पताल के काम आने लगे। अगर मैं बढ़े हुए बिलों कि सहमति दे दूँ तो कुछ ऐसे भी थे जो पैसे के प्रस्तावों के साथ हमें भ्रष्ट करने की कोशिश करते। मैं आमतौर पर विनम्रता से मना कर देता लेकिन गुस्से में उनमें से कुछ को दरवाजा दिखाना पड़ा जो लगातार अपनी ज़िद पर बने रहे।

एक बार मुझे एक आश्चर्यजनक उपहार जो कि किसी चिकित्सा प्रतिनिधि ने नहीं दिया था। एक जूते की दुकान का मालिक एक बड़ा, बहुस्तरीय केक लेकर आया था जिसे उसने विशेष रूप से पठानमथिट्टा से मंगवाया था। "डॉक्टर, जब से आप यहाँ आए हैं, मेरी रिकॉर्ड बिक्री हो रही है! कई नए ग्राहक आए हैं। वे कहते हैं कि आपने उन्हें चप्पल खरीदने के लिए कहा है।"

यह सच था कि मैंने कई लोगों को फुटवियर का उपयोग करने की सलाह दी थी, जिनमें गंभीर एनीमिया का पता चला था। (एनीमिया हीमोग्लोबिन में कमी थी, यह रक्त को उसका चमकीला लाल रंग देता है, और इसकी कमी से रोगी पीला हो जाता है, कभी-कभी सांस फूलने और धड़कन भी कम हो जाती है। उनके मल के नमूने की जांच आमतौर पर हुकवर्म के संक्रमण का पता चलता है। मिट्टी में मौजूद हुकवर्म तलवों की त्वचा के माध्यम से शरीर में प्रवेश करते हैं। चप्पल पहनने से इसे रोका जा सकता है।) झोला छाप डाक्टर उन्हें आयरन युक्त कैप्सूल के साथ लोड कर रहे थे, लेकिन वे उनकी हालत में सुधार नहीं कर रहे थे।

"मैं एक कारण के लिए जूते की सलाह देता हूं," मैंने उससे कहा। "मैंने किसी को विशेष रूप से आपकी दुकान की सिफारिश नहीं की है।"

"चित्तर में मेरी एकमात्र जूते की दुकान है, डॉक्टर। लेकिन अब तक, मेरी कोई अच्छी बिक्री नहीं हुई है।"

मैंने उनके उपहार को न दोहराने के अनुरोध के साथ स्वीकार किया।

****

11.   सब इंस्पेक्टर सनी

अस्पताल आने वाले सभी मरीज सहयोगी नहीं होते थे-कभी-कभी हमें बहुत ही अनियंत्रित और परेशान करने वाले मरीज भी मिल जाते थे। इनमें से ज्यादातर शराबी होते थे। देशी अरक उनका मुख्य पेय था।

मैं निश्चित रूप से गलत भाषा को स्वीकार करने वाला नहीं था। यदि ज्यादा नहीं तो मैं समान रूप से प्रतिक्रिया ज़रूर करता था। कभी-कभी मुझे शारीरिक तरीकों का सहारा लेना पड़ता था। मैं अन्य नियमित रोगियों की उपस्थिति से संतुष्ट रहता था। वे यह सुनिश्चित करने के लिए हस्तक्षेप ज़रूर करते थे कि उनके डॉक्टर को कोई नुकसान न पहुंचे। एक बार मुझे एक व्यक्ति को सड़क पर धकेलना पड़ा।

"क्या यह डॉक्टर है? क्या एक डॉक्टर ऐसा व्यवहार करेगा?" वह इकट्ठी हुई भीड़ को संबोधित करते हुए चिल्लाया।

"यदि आप मेरे पास एक मरीज के रूप में आते हैं, तो मैं एक डॉक्टर की तरह व्यवहार करूंगा। लेकिन अगर आप उपद्रवी बनकर मेरे पास आते हैं, तो मैं भी आपके साथ वैसा ही व्यवहार करूंगा," मैंने जवाब दिया और ओ.पी. में वापस चला गया।

अस्पताल के अंदर ही नहीं, बल्कि शराबी बाहर भी परेशानी का कारण बन रहे थे। रात में शराब की दुकानों से घर लौटते समय, कई लोग गंदी बातें बोलते हुए निकलते, हालांकि किसी को खास नहीं, बस यूही बडबडाते और चले जाते। मैंने सोचा कि मुझे इसे खत्म करना होगा। मैं नहीं चाहता था कि अजू, जिसने अभी-अभी बोलना शुरू किया था, इन शब्दों को सीखे।

अजू ने जो पहला शब्द बोला वह था "अयप्पो"। उसने इसे सबरीमाला तीर्थयात्रियों से सड़क पर ट्रैकिंग करते हुए सीखा था, "स्वामी! अय्यप्पो, अय्यप्पो! स्वामी।" पीक सीजन के दौरान रात भर भी यह जप लगातार सुना जा सकता था।

एक बार जब मेरे माता-पिता मेरे भाई और उसके परिवार के साथ मुझसे मिलने आ रहे थे, अजू सबरीमाला तीर्थयात्रियों की तरह - "अयप्पो! अय्यप्पो!" इरुमुदी केट्टू जो कि पारंपरिक प्रसाद का कपड़ा बंडल, जो तीर्थयात्रियों द्वारा ले जाया जाता है,

के स्थान पर अपने सिर पर एक किताब को संतुलित करते हुए जप कर रहा था जो उसका एक नियम सा बन गया था।

मेरी मां बहुत परेशान हो गईं। "इस लड़के को क्या हुआ है? इसने जो पहला शब्द सीखा है, वह एक हिंदू भगवान का है! उसे यह न सीखने दो, और उसे 'यीशु' का जाप करना सिखाएं। 'यीशु'!"

मेरा भाई हंसते हुए एकदम से बोला, "मैं आपको एक दिलचस्प कहानी बताऊंगा जो कुछ महीने पहले हुई थी," ऐसा कहते हुए उसने बताना शुरू किया।

"मैं अपने कुछ दोस्तों के साथ निलक्कल चर्च और सबरीमाला मंदिर गया था। रास्ते में हमारी जीप सड़क से उतरकर पलट गई। सौभाग्य से, हममें से किसी को चोट नहीं आई। चर्च में, पादरी ने हमारा स्वागत किया और दुर्घटना की कहानी सुनने के बाद, उन्होंने कहा- 'यह सेंट थॉमस के आशीर्वाद और कृपा से है कि आप चमत्कारिक रूप से बच गए। आपको सेवा के लिए रुकना चाहिए और संत को धन्यवाद देने के लिए भोज में भाग लेना चाहिए।' मैंने कहा क्षमा करें, हम जल्दी में हैं, हमें घर वापस जाने से पहले सबरीमाला मंदिर भी जाना है। पुजारी

ने एक पल के लिए सोचा और कहा- 'कोई आश्चर्य नहीं कि आपकी जीप पलट गई!'

यह सुन कर मेरे पिताजी आश्चर्यचकित हो गए। "अजू की प्राकृतिक सीखने की प्रक्रिया में हस्तक्षेप न करें," उन्होंने सलाह दी। वैसे भी, मैं अगला शब्द नहीं चाहता था कि अजू कोई भी गलत शब्द सीखे।

अगली बार जब कोई शराबी गलत बातें कर रहा था, तो मैं बाहर गया और उससे भिड़ गया। उसने बहस करने की कोशिश की, लेकिन मैंने उसे गर्दन से पकड़ लिया और उसे इतनी जोर से धमकाया कि वह चुप हो गया। जल्द ही, शराबी इतने नियंत्रण में हो गए कि अस्पताल और मेरे क्वार्टर के बीच सड़क से गुजरते हुए शांत हो जाया करते थे।

कुछ दिनों बाद, एक नया लड़का सड़क पर अपशब्द बोल रहा था। जब मैंने उससे बात की तो उसने अपशब्दों से जवाब देना शुरू कर दिया। मैंने अपना आपा खो दिया और उसके चेहरे पर एक जोरदार प्रहार किया। वह गतिहीन हो कर गिर गया। मैं घबरा गया। उसके बगल में झुककर मैंने उसकी नब्ज चेक की। वह जीवित था। मैंने उसे जोर से हिलाया लेकिन कोई जवाब नहीं मिला। मैंने अस्पताल से बीपी का यंत्र लाकर

जांच की और उनका ब्लड प्रेशर चेक किया। सब कुछ ठीक लग रहा था।

मैंने इकट्ठे हुए पड़ोसियों की भीड़ को एक तरफ बुलाया और उनसे फुसफुसाया। "मुझे लगता है कि लड़का सिर्फ अभिनय कर रहा है। हम अपने घरों को वापस जाएंगे और देखेंगे कि वह क्या करता है। अगर वह नहीं उठता है, तो मुझे पुलिस को सूचित करना होगा।" जैसा कि हम सभी ने अपनी खिड़कियों से देखा, वह कुछ देर बाद जागा, उसने चारों ओर देखा और चुपचाप चला गया।

एक और दिन, एक शालीन पर नशे में धुत आदमी ने, जो अपनी माँ के साथ आया था, अस्पताल में हंगामा करना शुरू कर दिया। वह अपनी मां के कमजोर विरोध पर ध्यान न देते हुए स्टाफ को गालियां देता रहा। अंततः इंतजार कर रहे अन्य मरीजों और हंगामा सुनने आए पड़ोसियों की मदद से मैंने उसे बाहर निकाल दिया गया। मैंने लिखित शिकायत के साथ पुलिस स्टेशन जाने का फैसला किया। प्रभारी उप निरीक्षक (एसआई) एक गोरा, सुन्दर युवक था जो अभी-अभी अपनी नई पोस्टिंग पर आया था। वह बहुत पेशेवर लग रहा था। मेरी बात सुनने के बाद, उसने मेरी शिकायत स्वीकार कर ली, उसे पढ़ा और मुझे एक रसीद जारी की। "चिंता मत करो, डॉक्टर। हम इसे संभाल लेंगे," उन्होंने मुझे

आश्वासन दिया। मैंने उन्हें धन्यवाद दिया और जाने के लिए उठ खड़ा हुआ।

"कृपया कुछ देर बैठिए, डॉक्टर। मैं आपको जानना चाहता हूँ। आप इस जगह पर कैसे काम कर रहे हैं? यदि आप जल्दी में नहीं हैं, तो हम बस बगल की इमारत में मेरे क्वार्टर का दौरा करेंगे। मैं यह भी चाहूंगा कि आप मेरी पत्नी से मिलें।"

उसकी पत्नी भी उतनी ही गोरी और सुन्दर थी। क्या खूबसूरत जोड़ी है। हम काफी देर बैठे रहे। उसका नाम सनी था। अंतत: चित्तर में एक शिक्षित व्यक्ति से मिलकर उन्हें खुशी हुई। जहां तक पढ़ाई का सवाल है तो उन्होंने इतनी डिग्रियां जमा कर ली थीं कि कॉलेज का एक प्रोफेसर भी देखकर शर्मसार हो जाता।

"आपने इतनी डिग्रियां कैसे जमा की?" मैंने अविश्वसनीय रूप से पूछा।

"यह मेरा एक शौक है, डॉक्टर," उसने मुस्कुराते हुए उत्तर दिया। "मुझे हमेशा से सीखना पसंद है। कॉलेज के बाद, मैंने एक के बाद एक विभिन्न डिग्रियों के लिए पोस्टल कोर्स वाले विश्वविद्यालयों में दाखिला लिया और इन्हें अरजित किया।"

तब तक उसकी पत्नी हमारे लिए स्वादिष्ट और इलायची वाली चाय ले आई। मेरे वापस लौटते समय वह मेरे साथ मुझे मेरी बाइक तक छोड़ने आए ओर मुझसे कहा, "मुझे एक ही परेशानी है, डॉक्टर। हमारी शादी को तीन साल हो चुके हैं, लेकिन अभी तक हमें एक बच्चा नहीं हुआ है। हमारे माता-पिता भी चिंता करते हैं और परेशान होते हैं।"

"आप एक दिन अस्पताल क्यों नहीं आते? मैं विवरण जानना चाहता हूं और साथ ही एक प्रारंभिक जांच भी कर लूंगा।"

"मैं ऐसा नहीं करना चाहूंगा, डॉक्टर। यहां एसआई होने के नाते, मैं अपनी गोपनीयता बनाए रखना चाहता हूं। अगर मुझे विस्तृत जांच की जरूरत है, तो मैं त्रिवेंद्रम जाना पसंद करूंगा। लेकिन मुझे नहीं पता कि यह कब संभव होगा।"

"एक दिन अपनी पत्नी के साथ हमसे मिलने के लिए घर आओ। मैं आपको कुछ टिप्स देना चाहूंगा जो गर्भधारण की संभावनाओं को बढ़ा सकती हैं।"

अगले दिन ही सनी अस्पताल आ गए। "हमने उस व्यक्ति का पता लगा लिया है जिसने आपके लिए परेशानी पैदा की। वह अब पुलिस स्टेशन पर है। ऐसा लगता है कि वह सरकारी स्कूल में शिक्षक है। वह दिल से माफी की गुहार लगा रहा है। वह किसी

भी हद तक माफी मांगने को तैयार हैं। यदि आप शिकायत पर अडिग रहते हैं और उसे आरोपित किया जाता है, तो उसे अपनी नौकरी खोने का भी खतरा है।"

यह किस तरह का शिक्षक है? क्या यहां के सभी शिक्षक ऐसे हैं? अभी कुछ महीने पहले, मुझे एक बच्चे के पास जाना पड़ा था, जिसे उसी स्कूल के एक शिक्षक ने अपना होमवर्क पूरा नहीं करने के लिए कड़ी सजा दी थी। उसके पैर और पीठ पर लाल और नीले रंग के चोट के निशान थे। उसके पिता ने मुझे बताया था कि वह हेडमास्टर से शिकायत करने जा रहे है। यह शिक्षक उन्हीं लड़कों को पीटता था जो उसे शराब नहीं खरीद कर देते थे। मैं सोच में पड़ गया, एक बार अजू बड़ा हो गया तो मैं उसे स्कूल कहाँ भेजूँगा?

"मैं इस आदमी को फिर से नहीं देखना पसंद करूंगा," मैंने सनी से कहा। उन्होंने कहा, 'अगर आप उनसे लिखित माफी मांग सकते हैं तो मैं अपनी शिकायत वापस ले लूंगा। मैं बस यह सुनिश्चित करना चाहता हूं कि वह हमें फिर से परेशान न करें।"

"डॉक्टर चिंता मत करो, मैं इसे देख लूंगा। वैसे, क्या आप आज रात फ्री हैं? मैं अपनी पत्नी के साथ आपके पास आना चाहता हूं।"

"ज़रूए आइए, मुझे खुशी होगी, लेकिन मैं कभी भी पूरी तरह से अपनी ड्यूटी से मुक्त नहीं हो पाता हूं। आपकी तरह ही, मैं हमेशा ड्यूटी पर हूं। मुझे बीच में अस्पताल से किसी भी कॉल में शामिल होना पड़ सकता है, लेकिन हम उम्मीद करेंगे कि आज शाम को कोई कॉल नहीं आयेगा।"

वे छह बजे किराए की जीप से हमारे घर पहुंचे। सनी पुलिस जीप में आधिकारिक व्यक्तियों के अलावा किसी और को, यहाँ तक कि अपनी पत्नी को भी नहीं ले जाते थे। "हम रात का खाना तैयार करने वाले हैं। क्या आप भी शामिल होंगे?" मैंने पूछ लिया।

"क्षमा करें डॉक्टर, हम कभी और यह प्लान बना लेंगे। आज का रात का खाना पहले ही घर पर तैयार हो चुका है।"

उसकी पत्नी जेसी के साथ रसोई में गयी, और मैं उनके साथ सामने के बरामदे पर बैठकर बातें कर रहा था। हमने घर का बना अनानास वाइन पीया, जो उन्हें बहुत पसंद आया। यह एक मादक पेय था, और हम दोनों ने प्रभाव महसूस किया। मैंने उन्हें इस बारे में एक विस्तृत व्याख्यान दिया कि वे गर्भधारण की संभावनाओं को कैसे बढ़ा सकते हैं- मासिक चक्र के दौरान कब उन्हें यौन संबंध बनाना चाहिए, कैसे उसे अपनी पीठ को तकिए

पर उठाकर कुछ समय के लिए लेटना चाहिए, कैसे अपने अंडकोष को ठंडे पानी में डुबाना और तंग अंडरक्लॉथ से बच कर शुक्राणुओं की संख्या में वृद्धि कर सकते है, इत्यादि। मैंने उसे वो सारे टिप्स दिए जिनके बारे में मैं सोच सकता था। "लेकिन आपको स्त्री रोग विशेषज्ञ के पास जाना होगा और अगर कुछ भी काम नहीं करता है तो आप दोनों को बिना किसी देरी के पूरी तरह से जांच करवानी होगी।"

मैंने ध्यान नहीं दिया कि अजू उसकी गोद में चढ़ गया था। उसने सनी के गाल पर किस किया। मैंने एसआई का चेहरा लाल होते देखा। उसने उसे कसकर गले से लगाकर प्यार किया। "यह मेरे लिए एक नया अनुभव है," उन्होंने कहा। "मुझे कभी इस तरह एक बच्चे ने प्यार नहीं किया है!"

शाम को सनी अधिकतर हमारे घर आ जाया करते थे। जब मुझे अस्पताल से फोन आता, तो वह घर पर अजू के साथ खेलते हुए मेरे लौटने तक इंतजार करता। बात चारों ओर फैल गई कि नए एसआई और डॉक्टर बहुत अच्छे दोस्त हैं। अस्पताल में उपद्रव करने वालों और आसपास के शराबियों ने अब हमारे लिए कोई समस्या खड़ी करना बंद कर दिया था।

कुछ महीने बाद, सनी जब शाम को हमसे मिलने आया तो वह बहुत खुश था। "डॉक्टर, मेरी पत्नी गर्भवती है!" वह बहुत रोमांचित था। वह हमारे लिए चॉकलेट लाया था। "आपने जो भी सलाह दी, हम उसका पालन कर रहे थे। मैं बहुत आभारी हूँ।"

उसके जाने के बाद, मैंने जेसी की ओर रुख किया। "मुझे लगता है, मेरे निर्देशों से अधिक, यह अजू का प्रभाव रहा होगा जिसने काम किया। क्या तुमने उन जोड़ों के बारे में नहीं सुना है जो वर्षों से निःसंतान थे, बच्चा गोद लेने के तुरंत बाद गर्भ धारण कर चुके थे?"

एसआई के साथ मेरी दोस्ती कई अन्य मौकों पर फायदेमंद साबित हुई- खासकर जब हमने अस्पताल में एक और नाजायज बच्चे को जन्म दिया।

****

12. सैली, जॉनीकुट्टी, और अवसादग्रस्त रोग

वह एक व्यस्त सुबह थी। मैंने उन दो आदमियों को तुरंत नहीं पहचाना जो अंदर आए थे। मैंने फाइल पर नज़र डाली, उसका नाम था, जॉनीकुट्टी! वह बहुत बदल गया था। वह बहुत पतला था और उसकी आंखों के चारों ओर काले घेरे थे। "डॉक्टर, आपको मेरी मदद करनी होगी! मैं सो नहीं पा रहा हूं और मेरा कुछ भी खाने का मन नहीं कर रहा है।"

"कृपया उसे कुछ अच्छी सलाह दें डॉक्टर," उसके पिता ने बाधित किया। "वह काम पर भी नहीं जा रहा है। जीप लगभग बेकार पड़ी है। मैं उसकी असली समस्या जानता हूं।" उसने अपने बेटे पर आरोप लगाया। "उसने अभी तक उस लड़की, सैली को अपनी जिंदगी ओर सोच से नहीं निकाला है। ऐसा लगता है कि

उसने उस पर जादू कर दिया है जैसे उसने कई अन्य लोगों के साथ किया होगा।"

"उस पर इतने कठोर मत बनिए," मैंने उनसे कहा। मैंने बताया कि कैसे सैली ने हमें अपनी गर्भावस्था के बारे में कबूल किया था। "यह एक पल का अविवेक था।" फिर मैंने उन्हें बताया कि कैसे सैली के पिता बिल का भुगतान करने आए थे, उन्होंने उसकी स्थिति का वर्णन किया था, जो जॉनीकुट्टी की वर्तमान स्थिति के समान थी।

मैं, जॉनीकुट्टी को सैली के बारे में सुनकर घबराते हुए देख पा रहा था।

"हाँ," जॉनीकुट्टी के पिता चिंतनशील थे और मेरी ओर देखते हुए बोले, "वह वास्तव में बहुत आकर्षक, अच्छी तरह से व्यवहार करने वाली और घर में हमेशा मददगार थी। लेकिन ऐसा नहीं हो सकता है कि हम अपने परिवार में किसी और के बच्चे को स्वीकार कर सकें।"

"वह अब कासरगोड में है। हम इंतजार करेंगे और देखेंगे कि क्या हो सकता है," मैंने कहा। "मैंने उनसे कहा था कि एक दिन जब वे वापस आ जाएं तो यहां मुझसे मिलने आ जाएं। इस बीच जॉनीकुट्टी, आपको खुद को सम्भालना होगा। हर समय

चिंतित रहना और काम पर न जाना मामले को और खराब करेगा। मैं कुछ दवाएं लिख देता हूँ, इन्हें वक़्त पर लें।"

मुझे पता था कि उसे वापस सामान्य होने में कुछ समय लगेगा। मैं मनोचिकित्सीय दवाओं के प्रभाव से हमेशा मोहित रहता था और हमेशा आवश्यक दवाओं का स्टॉक रखता था। इन नई दवाओं के आने से कई मरीजों को वर्षों की परेशानी से राहत मिली थी।

मुझे विशेष रूप से एक महिला याद है जो मेरे पास शिकायत लेकर आई थी कि उसकी बहू उसे खाने में मिलाए गए धीमें जहर से मारने की कोशिश कर रही है। मैं लड़की को भी जानता था। वह अपने बच्चों के साथ एक नियमित आती थी। उसका पति विदेश में फौज में कार्यरत था। वह काफी तनाव में थी, बच्चों और ससुराल वालों की देखभाल कर रही थी।

मैंने महिला को कम खुराक वाली एंटीसाइकोटिक दवा दी। अगली बार जब वह मिलने आई, तो वह बहुत खुश हुई। "मेरी बहू अभी भी मुझे जहर दे रही है, लेकिन आपकी दवाओं के कारण मुझ पर जहर का कोई असर नहीं हो रहा है।" मुझे केवल एक आंशिक सफलता महसूस हुई, क्योंकि वह अभी भी अपने

भ्रम में थी। हालांकि, उसके बाद परिवार में ज्यादा परेशानी नहीं हुई।

मैंने जॉनीकुट्टी के लिए कुछ अवसादरोधी दवाओं को लिखा। "उम्मीद है कि इससे आपकी नींद और सामान्य मनोदशा में सुधार होगा। दो सप्ताह में मिलते है।"

मेरी सुबह की ओ.पी ड्यूटी समाप्त होने के तुरंत बाद, लिसी आई। "क्या वह सैली के पति और पिता नहीं थे जो पहले भी आए थे? क्या उन्होंने कुछ कहा?"

लिसी हमेशा गपशप करने और फैलाने में बहुत सक्रिय थी। "क्यों?" मैंने पूछ लिया।

"क्या आपने खबर नहीं सुनी, डॉक्टर? सैली और उसके माता-पिता कासरगोड से वापस आ गए हैं। सैली का बच्चा अब नहीं बचा है, उसके माता पिता का दावा है कि बच्चे की मौत गंभीर बुखार से हुई, जब वे कासरगोड थे और उसे वहीं दफना दिया गया है। लेकिन कोई उन पर विश्वास नहीं करता। हर कोई सोचता है कि उन्होंने बच्चे की हत्या की होगी!"

मेरा दिल डूब गया, और दिमाग सुन्न हो गया। यहां तक कि यह विश्वास करना भी मुश्किल था कि एक असाधारण रूप से

स्वस्थ बच्चे ने, अचानक बुखार के कारण दम तोड़ दिया। लेकिन फिर, सैली और उसके पिता के चेहरे मेरे दिमाग में कौंध गए। मैं निश्चित रूप से उनकी कल्पना किसी की हत्या करने में सक्षम होने की नहीं कर सकता था!

कुछ दिनों बाद सैली ने खुद अपने पिता के साथ अपनी उपस्थिति दर्ज कराई। वह बेचैन और उदास लग रही थी, लेकिन इस अवस्था में भी, उसने एक शांत सुंदरता बिखेर दी। "डॉक्टर, आपको कुछ करना होगा। सैली की हालत अब पहले से भी बदतर है। उसने खाना खाने से मना कर दिया है। वह रसोई में अपनी माँ की भी मदद नहीं करती है। वह सारा दिन बस कुछ सोचती रहती है और चुप रहती है।" सैली के पिता हताश लग रहे थे।

"मैंने सुना है कि बच्चा मर गया है?" मैंने पूछताछ की। उन दोनों ने कोई जवाब नहीं दिया। वे नीची निगाहों से वहीं बैठे रहे। मुझे लगा शायद अपराध बोध उन्हें सता रहा होगा।

"मेरे पास हाल ही में एक ऐसे ही लक्षण वाला एक मरीज आया था," मैंने कहा। "आप उसे जानते हो। वह जॉनीकुट्टी है।"

मैंने देखा, सैली मेरी ओर देख रही थी। "मैंने सोचा कि वे अंततः सुलह के लिए तैयार हो सकते हैं, खासकर जब बच्चे की

समस्या दूर हो गई है," मैंने थोड़ा व्यंग्यात्मक रूप से जोड़ा। सैली का चेहरा आशा और प्रत्याशा में बदल गया।

मैंने सैली को वही दवाएं दीं जो मैंने जॉनीकुट्टी को दी थीं। "दो सप्ताह में मुझसे फिर से आ कर मिले," मैंने कहा और अगले रोगी के पास चला गया। जब वह मरीज चला गया, सैली और उसके पिता फिर से दरवाजे पर थे।

"क्या हम अंदर आ सकते हैं, डॉक्टर? हम आपको कुछ बताना चाहते हैं।"

मैंने उन्हें अंदर आने के लिए सिर हिलाया। सैली के पिता मेरे पास आकर बैठ गए। यह सुनिश्चित करते हुए कि कोई उसे सुन न सके, उसने मुझसे दबी आवाज में पूछा। "डॉक्टर, क्या आपको संदेह है कि हमने बच्चे को मार डाला?" इस बार, मैंने जवाब नहीं दिया। "क्या आप विश्वास कर सकते हैं कि हम इस तरह के कृत्य के लिए सक्षम हैं? वह जीवित है और ठीक है।" उन्होंने हाथ जोड़ते हुए कहा।

मैंने हैरान-परेशान भाव से उनकी ओर देखा। "सैली मुझ पर आपको सच बताने के लिए जोर दे रही थी। कृपया इसे अपने तक ही रखें। कासरगोड में मेरे चंचेरे भाई ने वास्तव में कुछ योजना बनाई थी। उसने वहां एक अनाथालय से संपर्क किया था।

वे बच्चे को लेने को तैयार थे। हमने बच्चे को अपने सभी अधिकार छोड़ते हुए हस्ताक्षर किए हैं और दस्तावेज उन्हें दे दिए हैं। जब हम बच्चे के बिना वापस आए तो लोग बातें करने लगे। हमने सभी को बताया कि वह अचानक गंभीर रूप से बीमार पड़ गया और मर गया, लेकिन कई लोग सोचते हैं कि हमने उसे खत्म कर दिया है।"

जैसे ही मुझे जानकारी मिली, मैंने कुछ सोचकर उनसे पूछा, "मैं इसे सिर्फ तीन लोगों के साथ साझा करना चाहता हूं। आप मुझे अनुमति दे दीजिए। जॉनीकुट्टी और उसके माता-पिता को अगर ये बात बता दी जाए तो मुझे आपके मेल-मिलाप की एक फीकी सी उम्मीद है, क्योंकि कोई भी उन लोगों से सावधान रहेगा जिन पर उन्हें हत्यारा होने का संदेह है और वो बात नहीं करना चाहेंगे। मैं उन्हें इसे गुप्त रखने के लिए कहूंगा।"

उनके जाने के तुरंत बाद लिसी आ गई। "क्या उन्होंने बच्चे के बारे में कुछ कहा, डॉक्टर?"

"हाँ," मैंने जवाब दिया। "ऐसा लगता है कि उसे अचानक गंभीर बीमारी हो गई थी जिससे उसकी मृत्यु हो गई। मुझे लगता है कि निमोनिया रहा होगा।" वह थोड़ा संशय से मुझे देखकर चली गई।

ठीक उसी दिन जब मैंने जॉनीकुट्टी को समीक्षा के लिए आने के लिए कहा था, वह अपने पिता के साथ आया। वह बहुत बेहतर लग रहा था। उनके पिता राहत महसूस कर रहे थे। "वह अब कम से कम कुछ खाना खा रहा है," उन्होंने बताया।

जॉनीकुट्टी ने कहा, "मैं भी अब अच्छे से सो पा रहा हूं और मैंने काम करना भी शुरू कर दिया है!"

"हमने सुना है कि सैली और परिवार वापस आ गए हैं," उनके पिता ने कहा। "वे कहते हैं कि लड़का बुखार से मर गया। पर हमें लगता है कि शायद उन्होंने उसे मार डाला है!"

"नहीं!" जॉनीकुट्टी की आवज़ में कडकपन था। "मुझे यकीन है कि वे ऐसा कुछ नहीं कर सकते। सैली एक मक्खी को भी नुकसान नहीं पहुंचा सकती!"

उनसे यह आश्वासन लेने के बाद कि वे इस बात को गोपनीय रखेंगे, मैंने उन्हें वह सब कुछ सुनाया जो मैंने सैली के पिता से सुना था और कहा, "कृपया अपना वादा निभाएं कि इसे किसी को न बताएं।"

"आप मुझ पर विश्वास कर सकते है, डॉक्टर। इसके अलावा, अगर हम कभी सैली को वापस लाने का फैसला करते

हैं, तो इसे उसी तरह रखना बेहतर है। लोगों को यह सोचने दें कि बच्चा मर चुका है।"

मैंने देखा कि वह सैली को वापस उनके घर में स्वीकार करने के विचार की ओर बढ़ रहे थे। और मुझे पता था कि जॉनीकुट्टी बहुत उत्सुक था! मुझे उम्मीद थी कि वह दिन बहुत दूर नहीं होगा जब दोनो परिवार फिर से एक हो जायेंगे।

कुछ दिनों बाद सनी अचानक से असपताल में आया।

"आज मैं काम के सिलसिले से यहाँ आया हूँ, डॉक्टर।" आधिकारिक ड्यूटी के दौरान मैंने अक्सर उनके व्यवहार में बदलाव देखा था। "कई लोगों ने मुझे सैली नाम की एक महिला और उसके यहां पैदा हुए बच्चे की संभावित शिशुहत्या के बारे में बताया है। मैंने सुना है कि यह एक नाजायज बच्चा था जिसे वे कासरगोड ले गए और वहीं मार डाला। मुझे अभी तक किसी ने औपचारिक शिकायत नहीं दी है, लेकिन आना तय है। मैंने सोचा था कि मैं प्रारंभिक जांच कर लूँ।"

मैं असमंजस कि स्थिति में था। अगर मैं उसे सब कुछ बता देता तो मुझे अपनी बात से पीछे हटना पड़ता जो मैंने सैली के पिता से की थी, लेकिन उसे तथ्यों से अवगत कराना दोनों परिवारों के हित में ही था। मैंने उसे वास्तविक तथ्य दिए। "लेकिन

अगर यह पता चलता है कि बच्चा अभी भी जीवित है, तो यह उनके लिए चीजों को जटिल कर सकता है। मेरा मानना है कि वे सुलह की राह पर हैं।"

"चिंता मत करो," सनी ने मुझे आश्वासन दिया। मैं कासरगोड में हमारे स्टेशन से पूछताछ करके उनकी कहानी की पुष्टि कर सकता हूं। अगर यह पुष्टि हो जाती है कि कोई हत्या नहीं हुई है, तो मैं किसी भी वादी को बता सकता हूं कि हमने पूछताछ की है और पाया है कि बच्चे की प्राकृतिक मौत थी।

****

13. निर्भीक जनजाति

अस्पताल ने दूर-दूर तक ख्याति अर्जित कर ली थी और जंगल के अंदर रहने वाले आदिवासी भी अब वहाँ आने लगे थे, जब उन्हें लगता कि उनकी बीमारी इतनी गंभीर है कि उनके आदिवासी डॉक्टर द्वारा इलाज नहीं किया जा सकता है। मैं उन लोगों की दृढ़ कठोरता से बहुत चकित हुआ।

एक अधेड़ उम्र का आदमी एक बार टिटनेस का इंजेक्शन मांगने आया। वह एक पेड़ से गिर गया था, और एक तेज चट्टान ने उसके पैर पर एक गहरा, लंबा घाव बना दिया था।

"मैंने चोट को अपने हिसाब से सही कर लिया है, डॉक्टर। मुझे सिर्फ इंजेक्शन की जरूरत है, "उसने घाव दिखाते हुए कहा। इसे उसने दस सुरक्षा पिनों के साथ बड़े करीने से स्टेपल किया था। "मैंने इसे स्वयं किया," उन्होंने गर्व से घोषणा की।

मैंने देखा कि उनका घाव किनारों से अच्छे से बंद था। "लेकिन इसे टांके लगाने से पहले साफ किया जाना चाहिए था," मैंने उसे व्याख्यान दिया। "सुरक्षा पिन दूषित हो सकते हैं।"

"मैंने पहले घाव को उबले हुए पानी से साफ किया और प्रत्येक सेफ्टी पिन को आग पर रखा उसके बाद ही अपने. घाव को सिला," उन्होंने जवाब दिया।

मैंने टिटनेस शॉट दिया और उसे एंटीबायोटिक का एक कोर्स करने के लिए राजी किया, जिससे घाव ठीक हो गया।

एक बार मुझे देर रात अस्पताल बुलाया गया। प्रसव पीड़ा में एक महिला को जंगल में उसकी झोपड़ी से लाया गया था, जिसे चार पुरुषों द्वारा जंगल के रास्ते से आठ किलोमीटर दूर अस्पताल लाया गया था। वह सोलह घंटे से अधिक समय से प्रसव पीड़ा में थी और बुरी तरह थकी हुई थी।

दाई ने सुझाव दिया था कि उसे जल्दी अस्पताल ले जाया जाए। मैं उसकी थकावट को दूर करने और वैक्यूम-असिस्टेड डिलीवरी के लिए उसे नसों में इन्जेक्ट किए जाने वाले तरल पदार्थों पर रख सकता था।

एक आदिवासी रोगी के साथ मेरी सबसे उल्लेखनीय मुलाकात गर्मियों की सुबह की थी, जब उसे जांघ और नितंब के पीछे एक जंगली सूअर द्वारा काट लिया गया था। घाव से बहुत खून बह रहा था।

घाव को जल्दी से धोने और साफ करने के बाद, मुझे यह देखकर राहत मिली कि प्रमुख धमनी बरकरार थी, लेकिन इसकी कई शाखाएं फटी हुई थीं और खून बह रहा था। मैंने धमनी को पकड़ने के लिए चिमटा लिया और रक्तस्राव के बिंदुओं को एक-एक करके तब तक जकड़ा जब तक कि हमारे पास स्टॉक में मौजूद सभी चिमटे इस्तेमाल नहीं हो गए। अभी और भी कई जगह ऐसी थी जहां से खून रिस रहा था।

अंत में, मैंने रक्तस्राव को नियंत्रित किया। चोट अब साफ देखी जा सकती थी। नितंब पर बड़ी मोटी मांसपेशी फटी हुई थी लेकिन थोडी सी आखिर में जुडी हुई थी। वस्तुतः पूरे पैर को नसों की आपूर्ति करने वाली मुख्य तंत्रिका जांघ में पूरी तरह से दिखाई दे रही थी- जैसा कि मैंने मेडिकल स्कूल के एनाटॉमी विच्छेदन हॉल में भी कभी नहीं देखा था।

इस दौरान युवक वहीं पड़ा रहा। उससे शराब की जोरदार गंध आ रही थी। मैंने उसके बड़े भाई को बुलाया।

"मैंने वह सब किया है जो यहां संभव है। रक्तस्राव नियंत्रित हो गया है, लेकिन मांसपेशियों को बहुत नुकसान पहुंचा है। आपको उसे पठानमथिट्टा ले जाना होगा और किसी अनुभवी सर्जन से इलाज कराना होगा।"

उन्होंने इसका विरोध किया, पर मैं दृढ़ता से अपनी बात पर कायम रहा, पर वह मुझे खुद संभालने के लिए कहते रहे। अचानक मुझे अपनी शर्ट पर एक खिंचाव सा महसूस हुआ। मैंने मुड़ कर देखा तो वह घायल आदमी मुझे अपनी ओर खींच रहा था। "कृपया डॉक्टर, मुझे दूर मत भेजो। हम शहर जाने का और वहाँ रहकर इलाज करवाने क खर्च नहीं उठा सकते। हम वहां जीवित नहीं रह पाएंगे। मैं बिलकुल निश्चल लेटूँगा, ताकि आप अपना काम कर सके।"

मुझे उनकी बात से सहमत होना पड़ा। मैंने इस पर दो घंटे से अधिक समय तक काम किया, परत दर परत टिशू को सीलता गया। अपने वचन पर खरा उतरते हुए, वह बिल्कुल शांत पड़ा रहा, पर मेरे प्रश्नों का उत्तर दे रहा था। उसका नाम मुथुस्वामी था। वह अपनी पत्नी और बेटी के साथ जंगल में एक ट्री हाउस में रहता था। दूसरे पेड़ पर उसके भाई और परिवार ही उसके पड़ोसी थे। वे जंगल से शहद, धूप और इलायची इकट्टा करके अपनी आजीविका कमाते थे। वह मांस के लिए जंगली सूअर का

शिकार भाले से किया करता था। इस प्रकार शिकार करते समय जंगली सूअर के साथी ने उस पर पीछे से प्रहार किया।

अंत में त्वचा की सिलाई करते हुए, मैंने सोचा कि क्या मैंने अपने डोमेन को बढ़ा दिया है। मुझे लकड़ी का एक तख्ता मिला जिसे मैंने उसकी छाती से जांघ के नीचे तक बांधा ताकि वह अपने कूल्हे को मोड़ न सके और टांके के साथ जुडी हुई मांसपेशियों को खींच न सके। वह दस दिन से भर्ती था। रोज ड्रेसिंग की जाती थी। उच्च खुराक एंटीबायोटिक दवाओं की दी गई थी। उपचार के लक्षण दिखाई दे रहे थे और जल्दी ही टांके हटा दिए गए। "तुम कल घर जा सकोगे," मैंने उसे शाम के दौर में सूचित किया। "लेकिन आपको और दो सप्ताह तक बिस्तर पर ही रहना होगा।"

उसने मुझसे अपने कुल बिल का अनुमान देने को कहा। मैंने मोटा-मोटा हिसाब लगाया और उससे कहा कि बिल करीब पांच सौ रुपये का आएगा। मैं कल उसके लिए कुछ राशि कम कर सकता हूं। अगले दिन सुबह-सुबह चाकोचन ने सूचना दी कि मरीज वार्ड में नहीं दिखाई दे रहा है। "ऐसा लगता है कि वह बिल का भुगतान किए बिना फरार हो गया है।"

"एहसान फरामोश!" मैंने दबी आवाज़ में कहा, यह सोचकर कि हमने उसके इलाज के लिए कितनी परेशानी उठाई थी और वह बिना बताए चुप चाप चला गया।

कुछ महीने बाद, जब मैं ड्यूटी पर जाने के लिए सुबह तैयार हो रहा था, मेरे पास एक मेहमान आया। मैंने ध्यान से देखा तो वो मुथुस्वामी था। इससे पहले कि मैं कुछ कह पाता, उसने मेरे दरवाजे पर एक बड़ी गठरी रख दी।

"मुझे बहुत अफ़सोस है कि मैं उस दिन आपको बताए बिना चला गया। मेरे पास बिल का भुगतान करने का कोई तरीका नहीं था। मुझे उम्मीद है कि यह उसके बराबर होगा, "उन्होंने गठरी खोलते हुए कहा। शहद की बारह बोतलें थीं, इलायची से भरा एक बड़ा कागज़ का थैला और धूप से भरी एक प्यारी सी बांस की टोकरी।

"लेकिन इस सब का मूल्य आपके बिल की राशि से बहुत अधिक होगा," मैंने विरोध किया।

"वह तभी होता है जब आप इसे किसी दुकान से खरीदने जाते हैं, डॉक्टर। हमें आधी रकम भी नहीं मिलती है।" उसने उस दिन फरार होने के लिए फिर से माफी मांगते हुए मुझे बहुत

धन्यवाद दिया। "मेरा पैर अब बिल्कुल ठीक है। मैं एक और जंगली सूअर का शिकार भी कर सकता हूँ।"

मैं सोच रहा था कि मैं अस्पताल का भुगतान कैसे करूंगा। यह नकद में किया जाना था। मैंने अपनी जेब से बिल का भुगतान करने का फैसला किया, और जो सामान वह लाया थे उसे अपने लिए रख लिया। इतना सारा सामान था, इसलिए अगली बार जब मेरे माता-पिता हमसे मिलने आए, तो मैंने उनके साथ पर्याप्त इलायची, शहद और धूप भेज दी ताकि हमारे सभी रिश्तेदारों और दोस्तों को वितरित किया जा सके। बाकी मैंने छोटे-छोटे पैकेट बनाकर सभी कर्मचारियों में अस्पताल में बांट दिया।

लिसी मेरे कमरे में आई। "उपहार के लिए बहुत-बहुत धन्यवाद, डॉक्टर। इलायची बेहतरीन क्वालिटी की है। आपको किसी भी दुकान में इतनी अच्छी नहीं मिलेंगी।"

"आपको मुथुस्वामी को धन्यवाद देना चाहिए," मैंने कहा। वह वहीं रुकी रही। मुझे पता था कि उसे कुछ गपशप साझा करनी थी। "हाँ लिसी, तुम कुछ बात करना चहती हो?"

"डॉक्टर, क्या आप जानते हैं कि सैली और जॉनीकुट्टी फिर से एक साथ रह रहे हैं?"

"सचमुच?" मैं आश्चर्यचकित था। "क्या आपको यकीन है?" खुशी ने मुझे घेर लिया। मुझे उनमें से किसी एक को देखे हुए कुछ समय हो गया था। मैंने उन दोनों को एक महीने के लिए एंटी-डिप्रेसेंट दिया था और बाद में समीक्षा के लिए कहा था। चतुराई से, मैंने एक ही तारीख दी थी कि शायद एक मुलाक़ात से कुछ काम बनेगा, लेकिन दोनों में से कोई भी नहीं आया था।

"मुझे सैली के पड़ोसियों से जानकारी मिली," लिसी ने अपनी बात को जारी रखा, उसकी बातो से लग रहा था कि मुझे उसकी खबर के बारे में संदेह था। वे कासरगोड में बच्चे की हत्या के संदेह पर शिकायत दर्ज करने के लिए पुलिस स्टेशन गए थे। एस.आई. सर ने उनसे वादा किया कि वह पूरी जांच करेंगे और एक हफ्ते बाद, उन्होंने पुष्टि की कि बच्चे की मृत्यु वहां के सरकारी अस्पताल में निमोनिया से हुई थी। उसके बाद, ये लोग जो सैली के परिवार को दूर कर रहे थे, उनके साथ मित्रवत हो गए और वास्तव में जॉनीकुट्टी के साथ उसके पुनर्मिलन में महत्वपूर्ण भूमिका निभाई।

****

14. अंततः एक सही प्रयोगशाला

मैं मधुमेह रोगियों की बड़ी संख्या में आने से हैरान था। यह तो अमीरों की बीमारी मानी जाती थी! हर दिन मैं मधुमेह के कम से कम एक नए मामले का पता लगा रहा था। आदर्श रूप से, निदान करने के लिए, रोगी के रक्त में शर्करा के स्तर का परीक्षण किया जाना चाहिए था। चूंकि हमारे पास सुविधा नहीं थी, इसलिए हमें पेशाब की जांच के लिए जाना पड़ता था।

यह सदियों पुराना परीक्षण था। हमें एक परखनली में पांच मिलीलीटर नीला रीयजन्ट (अभिकर्मिक) लेना था, उसमें मूत्र की दस बूँदें डालकर उबालना था। यदि मूत्र में चीनी है, तो रंग अपने स्तर के अनुसार हरे, पीले या नारंगी रंग में बदल जाएगा, और यह उच्चतम स्तर के लिए एक ईंट जैसा लाल होगा। लिसी रोगी की फाइलों के साथ लिखित रिपोर्ट भेजती थी, लेकिन जब वह लाल

होती थी, तो वह टेस्ट ट्यूब को प्रदर्शित करने के लिए लेकर आती थी, जैसे कि मरीज़ ने एक ट्रॉफी जीती हो।

पहले से ही निदान किए गए रोगी भी थे, जिन्हें आमतौर पर स्थानीय नीम हकीमों द्वारा मधुमेह विरोधी गोलियों के साथ इलाज किया जाता था जो उस समय उपलब्ध थे। वे रोगियों को आहार या व्यायाम के बारे में किसी सलाह के बिना, इन गोलियों को अधिक मात्रा में भारी मात्रा में वितरित करते थे।

केवल आहार संबंधी सलाह दी गई थी कि चीनी का सेवन कम करें। दवाओं की उच्चतम खुराक लेने के बावजूद इनमें से अधिकांश रोगियों की हालत खराब थी। यदि ऐसा कोई रोगी ओ.पी. में आता है तो यह समझाने में बहुत समय लगता था कि कैलोरी की मात्रा कैसे नियमित करें, कार्बोहाइड्रेट कम करें, सब्जियां बढ़ाएं और व्यायाम के महत्व को समझे। मैंने सोचा था कि टैपिओका (कसावा) एक प्रमुख कारण था और उनमें से कई इसे दिन में तीन बार खा रहे थे! हम उन लोगों में धीरे-धीरे बीमारी को नियंत्रित कर सकते थे जो नियमित रूप से फॉलो-अप के लिए आते थे। फिर भी, कई ऐसे मरीज़ भी थे जिन पर उचित नियंत्रण नहीं था।

हमें इंसुलिन लेना है। मैंने बहुत पहले इसपर इतना ध्यान नहीं दिया था क्योंकि हमारे बहुत कम रोगियों के पास घर पर रेफ्रिजरेटर था, और इंसुलिन को इसी में संग्रहित किया जाना था।

वैसे भी, हमने इंसुलिन का स्टॉक करना शुरू कर दिया और उसे कुछ अनियंत्रित रोगियों पर शुरू किया, जिसके नाटकीय रूप से अच्छे परिणाम सामने आए। कई लोग अपने इंसुलिन को पास के घर के फ्रिज में रखते थे और सुबह-शाम वहां अपनी खुराक लेने के लिए जाते थे। उनमें से कुछ ने इसे प्लास्टिक में लपेटकर रखने और मिट्टी के बर्तन में बारीक रेत में दफनाने की अभिनव विधि विकसित की, जिसे अक्सर पानी से छिड़का जाता था। यह बहुत अच्छा काम कर रहा था और मैंने उन सभी को शुरू कर दिया, जिन्होंने फ्रिज नहीं होने की सूचना दी थी।

एक दिन एक मधुमेह रोगी को बहुत ही खराब अवस्था में लाया गया। वह बेहोश था और जोर-जोर से सांस ले रहा था। मैंने उसकी तरफ देखा और पाया कि उसकी जीभ सूखी थी- जाहिर तौर पर गंभीर रूप से पानी की कमी से ग्रसित थी। उसकी सांस में अधिक पके केले की गंध आ रही थी जो सड़ने लगी थी- कीटोएसिडोसिस का एक निश्चित संकेत था, अनियंत्रित मधुमेह की एक गंभीर जटिलता जब एसीटोन भी सांस और मूत्र में आ जाता है।

उसकी जान को खतरा था। मैंने कुछ मूत्र एकत्र करने के लिए एक कैथेटर नली डाली, जिसमें परीक्षण के बाद पता चला कि उसके शरीर में चीनी और एसीटोन की मात्रा उच्च है। अब निदान के बारे में कोई संदेह नहीं था। हमने उसे अंतःशिरा तरल पदार्थ, एंटीबायोटिक्स और प्रति घंटा इंसुलिन पर शुरू किया। मैंने रिश्तेदारों को उसकी स्थिति के बारे में बताया और उन्हें उसे शहर ले जाने के लिए कहा। हमेशा की तरह, उन्होंने मना कर दिया और जोर देकर कहा कि उसका यहां इलाज किया जाए।

उन्हें मृत्यु की संभावना सहित जोखिमों के बारे में चेतावनी देने के बाद, मैंने इंसुलिन शॉट्स की खुराक की गणना के लिए पूरी तरह से प्रति घंटा मूत्र परीक्षण पर निर्भर उपचार देना शुरू किया। सौभाग्य से, दवाइयों ने कुछ घंटों के बाद असर दिखाना शुरू कर दिया और 2 दिनों में उन्हें छुट्टी मिल सकती थी। किसी भी कीमत पर, मुझे कैलोरीमीटर खरीदना होगा और ब्लड शुगर की जांच करने में सक्षम होना होगा। हम अब एक कैलोरीमीटर का खर्च वहन कर सकते हैं।

मैं अपनी बाइक पर सुबह-सुबह त्रिवेंद्रम के लिए निकल पड़ा। दस महीने के अंतराल के बाद मैं उस शहर का दौरा कर रहा था, जो सात साल तक मेरा घर रहा था- शुरू में एक मेडिकल छात्र के रूप में, फिर एक हाउस सर्जन के रूप में, और बाद में

एक निजी अस्पताल में एक जूनियर डॉक्टर के रूप में। मुझे घर वापसी का अहसास हुआ।

मैंने सिर्फ आठ किलोमीटर दूर मेडिकल कॉलेज जाने की जबरदस्त इच्छा को काबू में किया। मेरे कई दोस्त वहाँ होंगे। कुछ विभिन्न विशिष्टताओं में स्नातकोत्तर पाठ्यक्रम कर रहे थे। एक अच्छी संख्या में अभी भी अंडरग्रेजुएट होंगे, जिन्होंने अभी तक अंतिम परीक्षा पास नहीं की है। मैंने खुद को समझाया, वैसे भी, मैं मेडिकल कॉलेज जाने लिए समय नहीं निकाल सकता था। मुझे शाम से पहले वापस पहुंचना था- नहीं तो, जेसी को अजू की देखभाल करने में परेशानी होगी, क्योंकि उसे अस्पताल से कॉल भी अटेंड करने थे।

चिकित्सा उपकरणों की दुकान शहर के मध्य में थी। मैंने चार हजार रुपये से अधिक की लागत वाले फोटो-कैलोरीमीटर का एक बहुत अच्छा मॉडल चुना। मैंने उसे पैक करने और बिल बनाने के लिए कहा, फिर चेक-बुक निकाल ली और राशि लिखना शुरू कर दिया। दुकान के मालिक ने मेरा हाथ पकड़कर मुझे रोका। "नहीं डॉक्टर, माफ करना, मैं आपका चेक स्वीकार नहीं कर सकता। आपको नकद में भुगतान करना होगा।"

"लेकिन मेरे पास उतनी नकदी नहीं है! यह बैंक खाता अस्पताल का है।"

"आपको समझना चाहिए, डॉक्टर। मैं आपको नहीं जानता। हम पहली बार मिल रहे हैं, और आप कहते हैं कि आप एक ऐसी जगह से आ रहे हैं जिसके बारे में मैंने कभी सुना भी नहीं है। अगर चेक बाउंस हो गया तो क्या होगा?"

मुझे पता था कि उनका तर्क मान्य था। बड़ी आशाओं के साथ आना, साधन के बिना वापस जाना निराशाजनक होगा। मैं उसे कैसे मनाऊं? त्रिवेंद्रम में मेरे कुछ रिश्तेदार थे, लेकिन वे बाहरी इलाके में रहते थे। सिर्फ एक जगह जाने से बाकी लोग जीवन भर के लिए मेरे दुश्मन बन जाते। और फिर ऐसा करने से बहुत अधिक समय भी लगेगा।

अचानक मुझे एक विचार आया। वह मेडिकल कॉलेज के प्रोफेसरों को जरूर जानता होगा। मैं एक बुरा छात्र रहा था लेकिन एक आज्ञाकारी और ईमानदार हाउस सर्जन था। वे मेरा समर्थन करेंगे।

"देखिए, मैंने यहां त्रिवेंद्रम मेडिकल कॉलेज में पढ़ाई की है। क्या वहाँ कोई प्रोफेसर हैं जिन्हें आप जानते हैं, जिनसे आप मेरे बारे में पता कर सकते हैं?"

"बेशक! हम उनके नियमित सप्लायर हैं। लेकिन वहां के सभी डॉक्टर अभी वार्ड में या ओपी में व्यस्त रहेंगे। वह रुका, कुछ सोचता रहा। ऐसा लग रहा था जैसे उसे मुझ पर दया आने लगी हो। "प्रधानाचार्य! वह अभी कार्यालय में होंगे। मैं उन्हें अच्छी तरह से जानता हूँ। क्या मैं उन्हें फोन करूं? क्या वह आपको जानते होंगे?"

मेरा दिल ही दिल में खुश हो रहा था। वह मुझे बहुत अच्छी तरह जानते थे! मैं छात्र राजनीति में सक्रिय रहा था और वह मेरे वामपंथी झुकाव के लिए अस्वीकृत थे। मैंने उनके कार्यालय में उनके साथ कुछ विवाद भी किए थे। लेकिन मुझे उम्मीद थी कि मेरे प्रति उनकी कोई व्यक्तिगत दुश्मनी नहीं थी। "ठीक है," मैंने धीमे स्वर में कहा।

"बेशक! मैं उसे जानता हूँ! वह वहाँ क्या कर रहा है?" मैं दूसरे छोर पर प्रिंसिपल सर की आवाज स्पष्ट रूप से सुन सकता था। दुकान के मालिक ने उन्हें मेरे हालात के बारे में बताया। दूसरे छोर पर आवाज अब नरम थी ओर मैं ज्यादा कुछ सुन नहीं पा रहा था।

"वह आपसे बात करना चहते है।" स्टोर के मालिक ने मुझे फोन दिया।

"तो आपने कोर्स पास कर लिया है और कॉलेज छोड़ दिया है? इसलिए आजकल मैं तुम्हें कॉलेज में देख नहीं पा रहा हूँ! यह बताओ, वह जगह कहाँ है जहाँ आप काम कर रहे हैं?"

मैंने उन्हें चित्तर के अस्पताल के बारे में समझाया और बताया कि कैसे मैं अपनी मर्जी से इतने दुर्गम स्थान पर काम करने गया था।

"अच्छा है, लेकिन अपनी पढ़ाई में कड़ी मेहनत करना सुनिश्चित करें और स्नातकोत्तर पाठ्यक्रम में प्रवेश प्राप्त करें। अगले साल से, हम पीजी पाठ्यक्रमों के लिए प्रवेश परीक्षा कर रहे हैं।"

मैंने वही तरकीब आजमाई जो मेरे पिता के साथ सफल हुई थी। मैंने समझाया कि कैसे ऐसी जगह विशेषज्ञ होने का कोई फायदा नहीं होगा।

"यह तुम्हारा निर्णय है। लेकिन मैं आपको समझा रहा हूं। अंतत: आपको अपना और अपने परिवार का ख्याल खुद ही रखना होगा। सिर्फ एमबीबीएस डॉक्टर का कोई भविष्य नहीं है। भविष्य विशेषज्ञ का है।" ऐसा कहकर उन्होंने कहा, "ठीक है, अब फोन मिस्टर मैथ्यू को दे दो।"

उन्होंने कुछ मिनटों तक बात की, और जब उन्होंने फोन काट दिया, तो मैथ्यू मुस्कुरा रहा था। "ऐसा लगता है कि आप वहां सबको परेशान करने वाले छात्र थे, डॉक्टर। लेकिन जाहिर है, वह आपको पसंद करते हैं और आप पर भरोसा करते हैं। अब वह चेक मुझे दे दो।"

अपनी पिछली सीट पर मजबूती से बंधे कीमती उपकरण के साथ सिटी सेंटर की ओर बढ़ते हुए, मैंने उस स्टूडियो को पार किया, जहां मैंने जेसी के साथ शादी के बाद ब्लैक एंड व्हाइट फोटो खिंचवाई थी, जबकि हम वहां हाउस सर्जन थे। इसमें हम दोनों बहुत अच्छे लग रहे थे। मुझे लगा कि मैं उस कलाकार को धन्यवाद दूँ जिसने उसे बनाया था। मैंने अपनी बचकानी सोच से किनारा कर लिया। और सोचने लगा, ऐसा लगता है कि मैं भी अब एक कच्चे ग्रामीण की तरह सोचने लगा हूँ!

मुझे भूख लगने लगी थी। मैंने आजाद होटल में गया और चिकन बिरयानी का ऑर्डर दिया। मुझे चिकन बिरयानी खाए हुए काफी समय हो गया था।

मेरी सवारी वापस जैसे असमान में उडने लगी थी। मैंने धक्कों और गड्ढों वाले रास्ते से कैलोरीमीटर को कोई नुकसान

नहीं पहुंचने दिया। जैसे ही मैंने 'सीमा' पार की, ठंडी और धूल रहित हवा ने मुझे छूआ।

लिसी पहली बार कैलोरीमीटर उपयोग में ले रही थी। यह पहले उसने एक प्रयोगशाला में देखा था जहाँ वह पढ़ती थी, लेकिन छात्रों को उसे छूने की अनुमति नहीं थी। हमने उपयोगकर्ता पुस्तिका के माध्यम से विस्तार से उसे चलाना सीखा। मैंने ग्लूकोज, रीनल फंक्शन, कोलेस्ट्रॉल और बिलीरुबिन के परीक्षण के लिए किट खरीदी थीं।

हमने पहले ब्लड शुगर किट से शुरुआत करने का फैसला किया। मैंने स्वेच्छा से गिनी पिग बनना चाहा। जब लिसी मेरे परिणाम के साथ आई, तो उसने केवल अड़तीस का रक्त शर्करा स्तर दिखाया! मुझे इतने निम्न स्तर पर तो कोमा में होना चाहिए था!

"क्या आपके पास कुछ नमूना बचा है? हम फिर से कोशिश करेंगे, और मैं आपको यह करते हुए देखूंगा।"

लिसी स्पष्ट रूप से घबराई हुई थी और माइक्रोपिपेट का उपयोग करके सीरम की थोड़ी मात्रा में निकालना शुरू कर दिया। "रुकना!" मैं चिल्लाया और उससे पिपेट छीन लिया। मैंने देखा कि यह गीला था। ट्यूब में पानी की बूंदें साफ दिखाई दे रही

थीं। "यह पानी मेरे नमूने को पतला कर देगा। कोई आश्चर्य नहीं कि आपने मुझे इतना कम परिणाम दिया था।"

यह सुनिश्चित करने के बाद भी कि पिपेट सूख गया था, हम साथ में परीक्षण कर रहे थे, हमें बहत्तर की रीडिंग मिली। हालांकि यह पहले से बेहतर, पर अभी भी तर्कसंगत नहीं था, खासकर जब मैंने अभी कुछ देर पहले ही अपना नाश्ता किया था।

"हम मरीजों पर इसका इस्तेमाल करने से पहले इस बारे में आश्वस्त होने की प्रतीक्षा करेंगे," मैंने घोषणा की और प्रयोगशाला छोड़ दी। उस पूरे दिन, मेरे विचार कैलोरीमीटर पर थे। क्या मुझे खराब उपकरण मिला था? ऐसी संभावना नहीं है, क्योंकि यह एक प्रतिष्ठित कंपनी से था। मैंने आखिरकार अपना मन बना लिया और लिस्सी को अंदर बुला लिया।

"नर्स मोनसी की शादी हो रही है और वह जल्द ही जाने वाली है। मैं चाहता हूं कि आप उसे बदल दें और नर्सिंग सहायक के रूप में काम करें। इस बीच, मैं किसी नए अनुभवी लैब तकनीशियन पाने की कोशिश करूंगा।"

लिस्सी बहुत उदास लग रही थी। "कृपया मुझे एक या दो सप्ताह का समय दें, डॉक्टर। मैं चीजों को सुलझा लूंगी।"

चार दिन बाद, वह अपने पति के साथ चली आई, जो अभी-अभी कुवैत से आया था। वह वहां के एक बड़े अस्पताल में काम करने वाले एक अनुभवी और योग्य लैब टेक्नीशियन थे। "मैंने आपातकालीन छुट्टी ली है, डॉक्टर। लिसी यहां चाहती थी कि मैं तुरंत आऊं और उसे आपके द्वारा खरीदे गए कैलोरीमीटर का उपयोग करने के लिए प्रशिक्षित करूं।"

अगले हफ्ते, उन्होंने अपनी पत्नी को गहन प्रशिक्षण दिया और जब तक वे चले गए, तब तक लिसी एक विशेषज्ञ थीं। कई किलोमीटर के आसपास के लोग आने लगे, हमारा एकमात्र अस्पताल था जहां एक प्रयोगशाला थी जो जैविक रासायनिक परीक्षण कर सकती थी। ओपी में सुबह की भीड़ लगभग बेकाबू हो गई थी।

****

15.   जल, अतिसार और अवराचन

गर्मी के दिनों में पानी की समस्या होती थी। कुएं में पानी का स्तर नीचे चला गया था, और पंपिंग दिन में केवल एक बार ही संभव हो पाती थी। यदि पानी का स्तर बहुत कम होने से पहले पंपिंग बंद नहीं की जाती, तो हवा पंप में चली जाती। पहली बार जब हमने इस समस्या का सामना किया, तो सौभाग्य से, प्रतीक्षारत रोगियों के बीच एक प्लंबर था। उन्होंने हमें दिखाया कि मोटर से जुड़े वाल्व को कैसे खोलें और हवा को बाहर निकालने के लिए पानी डालें ताकि पंप फिर से काम करे।

जैसे-जैसे गर्मी बढ़ती गई, पानी का स्तर बहुत कम होता गया और चाकोचेन को अस्पताल के ठीक सामने वाले घर से पानी लाना पड़ता। पप्पीचयन अपने बेटों और उनकी पत्नियों और बच्चों के साथ छोटे से घर में रहने वाले नौ लोगों के परिवार का मुखिया थे। वह चर्च में एक सक्रिय सदस्य भी थे, लेकिन उन्होंने कभी

कोई अधिकारिक पद नहीं संभाला। उनकी आय रबड़ की चादरों के व्यापार से थी जो उन्होंने स्थानीय छोटे उत्पादकों से खरीदी और उन्हें एजेंटों को बेच दिया। वे काली मिर्च और अन्य मसालों का भी व्यापार करते थे।

माइल्ड डायबिटिक और बीपी के मरीज होने के कारण वह नियमित जांच के लिए आते थे। उनके परिवार के सदस्य भी कभी-कभी छोटी-मोटी बीमारियों के साथ आते थे। उन्होंने कभी भी बिल में कोई रियायत नहीं मांगी। लेकिन जब अस्पताल की किसी भी चीज के लिए मदद करने की बात आती थी, तो वे ऐसे मदद करते थे जैसे कि यह उनकी अपनी संस्था हो।

गर्मी के महीने वह समय भी था जब उल्टी और दस्त के साथ बहुत सारे मरीज भर्ती हो जाते थे। बार-बार शौचालय का उपयोग करने से पानी जल्दी खत्म हो जाता था वृद्ध चाकोचन को पप्पीचन के कुएं से बार-बार पानी लाते हुए देखकर मुझे बहुत बुरा लगता था। वह अपने सिर पर संतुलित एक बड़े एल्यूमीनियम बर्तन और एक हाथ में एक बड़ी प्लास्टिक की बाल्टी लेकर कई बार पानी लाता था। उन्होंने बिना किसी शिकायत के काम किया। मेरा सुझाव था कि उन्हें इस काम के लिए अतिरिक्त भत्ता दिया जाए, सर्वसम्मति से जिसे ठुकरा दिया गया, यह कहकर, 'यह उनके काम का हिस्सा है।'

दस्त के रोगियों को पानी की ज्यादा आवश्यकता होती थीं। कभी-कभी, उन्हें अंतःशिरा तरल पदार्थ देना आवश्यक हो जाता था। लेकिन अगर यह इतना गंभीर नहीं था और ज्यादा उल्टी नहीं हो रही थी, तो हमने उन्हें भरपूर मात्रा में मौखिक तरल पदार्थ लेने को प्राथमिकता दी। कांजी का पानी- चावल पकाने के बाद जो पानी निकल जाता है, उसमें नमक मिला कर सबसे ज्यादा पसंद किया जाता था। मैं मरीजों से पप्पीचयन के घर से इसे लेने के लिए कहा करता था। वे हमेशा कांजी का पानी किसी भी मरीज के लिए तैयार रखते थे जिन्हें इसकी आवश्यकता हो सकती थी। पप्पीचन एक बार मुझसे पूछने आये थे कि आम तौर से कितना नमक डालना चाहिए। मैं उनके रवैये पर चकित हो गया था। उन्होंने इसे मदद के रूप में नहीं किया था, बल्कि ऐसा लगा मानो यह उनका कर्तव्य था।

गंभीर दस्त के रोगी आमतौर पर जीवित तभी रह पायेंगे जब उन्हें पर्याप्त रूप से हाइड्रेटेड रखा जा सके। केवल उन लोगों को जो संक्रमण से बहुत बीमार हैं, एंटीबायोटिक दवाओं से जोड़ने की आवश्यकता पड़ती थी। क्षेत्र में डायरिया और निर्जलीकरण के कारण होने वाली मौतें असामान्य नहीं थीं। सौभाग्य से, अस्पताल में हमारी अवधि के दौरान हमें एक भी दस्त से मौत नहीं हुई, हालांकि एक बार हम काफी करीब आ गए थे।

यह पांच साल का छोटा लड़का था। उसे पिछले तीन दिनों से बहुत अधिक पानी जैसा मल आ रहा था, साथ ही तेज बुखार भी था। उसे इलाज के लिए अवराचन के पास ले जाया गया। अवराचन वास्तव में झोलाछाप डाकटर नहीं थे। वे एक योग्य होम्योपैथिक चिकित्सक थे- हालाँकि उन्होंने कभी होम्योपैथी का अभ्यास नहीं किया। उनकी फार्मेसी में कभी भी एक भी होम्योपैथिक दवा का स्टॉक नहीं था, लेकिन उनके पास कई आधुनिक दवाएं थीं जिनमें शक्तिशाली एंटीबायोटिक दवाएं हमेशा स्टॉक की जाती थीं और उनका भरपूर उपयोग किया जाता था।

इस लड़के को एंटीबायोटिक्स और पैरासिटामोल भी दिया गया था लेकिन उसकी हालत और भी खराब हो गयी थी। उसे यूरिन भी नहीं आ रहा था। उसके माता-पिता उसे फिर से अवराचन के पास ले गए। "यूरिन पास नहीं हो रहा है?" उसने पूछा। "हम इस इंजेक्शन के साथ इसे ठीक कर देंगे।" इंजेक्शन के कुछ मिनट बाद लड़के ने पेशाब कर दिया। लेकिन इससे पहले कि वे आनन्दित होते, वह गिर गया और इस तरह उसे यहाँ हमारे पास लाया गया।

लड़का बेहोश था। मैंने उसके पेट के ऊपर की त्वचा को महसूस किया। जब हाथ लगाया तो उसकी त्वचा सिकुड़ गयी,

यह वैसे ही था जैसे कपड़े के टुकड़े को हाथ लगाया और वो मुड गया। उसकी जीभ रेगिस्तान की तरह सूखी थी। अपने स्टेथोस्कोप से जाँच करने पर, मुझे एक बेहोश, तेज़ दिल की धड़कन सुनाई दे रही थी। वह अभी भी जीवित था।

हमें जल्दी से उसमें बहुत सारा तरल पदार्थ डालना होगा! लेकिन ऐसा कोई तरीका नहीं था जिससे हम IV सुई लगा सकें। उसकी सारी नसें टूट चुकी थीं। मैंने एक छोटी तितली सुई के साथ कई चुभन के माध्यम से आँख बंद करके नस पहचानने की कोशिश की, लेकिन कहीं भी मुझे खून नहीं मिल सका। कट-डाउन करने के अलावा कोई दूसरा रास्ता नहीं था।

मैंने पहले कभी कोई कट-डाउन नहीं किया था, लेकिन मैंने इसे एक-दो बार करते देखा था। मैंने अपनी दूरदर्शिता के लिए खुद को बधाई दी कि मैंने अपने कर्मचारियों को निर्देश दिया था कि वे हमेशा उपयोग के लिए तैयार कट-डाउन सेट रखें।

किसी भी एनेस्थीसिया की परवाह किए बिना, मैंने टखने के ठीक ऊपर, पिंडली के ऊपर की त्वचा को काटने के लिए सर्जिकल छुरी ली। टिससुओं को काटते हुए जब मैंने हड्डी के ऊपर, मांसपेशियों की एक पतली परत के ऊपर नस को देखा, तो मेरे दिल में खुशी कि लहर दौड़ पड़ी। बाकी प्रक्रिया आसान

थी। चिमटे की एक जोड़ी के साथ नसों को पकड़कर, मैंने एक गांठ लगाई, फिर उसके ठीक ऊपर एक छोटा सा छिद्र बनाया, और एक कैनुला लगा दिया।

"अब जल्दी! ड्रिप को इससे जोड़ो," मैंने कैनुला ठीक करते हुए नर्स को कहा और घाव को ठीक किया। "इसे पूरी गति से जाने दो!" लड़का आखिरकार बच गया, और अस्पताल फल-फूल गया।

यह पता चला कि अवराचन द्वारा दिया गया इंजेक्शन लेसिक्स था- जो गुर्दे की बीमारियों में लिक्विड रीटेन्शन अर्थात द्रव अवधारण के लिए इस्तेमाल की जाने वाली दवा थी। लड़का गिर पड़ा था क्योंकि उसने उसके शरीर में बचे द्रव के अंतिम भंडार को बाहर धकेल दिया था।

इस घटना के कारण अवराचन के रोगियों की संख्या में कमी आई और हमारे रोगियों की संख्या में वृद्धि हुई। कई लोगों ने मांग की कि एक मामला आगे लाया जाए, और उसे गिरफ्तार किया जाए। मैंने उन्हें मना किया। अगर अवाराचेन का काम बंद हो जाता, तो 30-40 मरीजों का क्या होता जो उसे हर दिन देखने आते हैं? अगर वे सभी हमारे पास आने लगे तो हम निश्चित रूप से भीड़ को संभाल नहीं पाएंगे।

मुझे कभी-कभी उससे ईर्ष्या होने लगती थी। मुझे पता था कि वह हमारे से कई गुना ज्यादा कमा रहा था। वह पूरे क्षेत्र में एकमात्र व्यक्ति था जिसके पास एक निजी कार थी। चार पहिया वाहन खरीदने के लिए पर्याप्त धनवान अन्य सभी ने अपने निजी उपयोग के लिए टैक्सी का विकल्प चुना, साथ ही साथ उन्हें उससे आय भी अर्जित की।

मैंने फैसला किया कि वह एक विरोधी के रूप में देखने योग्य नहीं था। एक दिन, मैं अपने क्वार्टर से कुछ मीटर की दूरी पर उनके क्लिनिक जो कि घर में ही था, उनसे मिलने गया। उन्होंने मेरा भव्य स्वागत किया। हमने लड़के के बारे में दोस्ताना तरीके से बात की। मैंने उसे अपनी सलाह लेने में थोड़ा असहज महसूस किया, लेकिन मैंने उसे दस्त के रोगी में निर्जलीकरण को रोकने के लिए तरल पदार्थों के महत्व पर शिक्षित किया। उसे अपनी गलती का एहसास हुआ।

कुछ महीने बाद, वह मेरे ओपी में दौड़कर आया। उसके पिता को दौरे पड़ रहे थे। मैं उसके पीछे-पीछे उसके घर गया। उनके पिता को दौरे पड़ रहे थे और कई लोगों द्वारा उन्हें बिस्तर पर दबा कर रखा गया था। अवराचेन की सहायता से, मैंने काम्पोज़ का IV इंजेक्शन दिया, जो वह अपनी फार्मेसी में ले रहा था। दौरे कम हो गए।

अवराचन के पिता कभी मेरे मरीज नहीं थे, इसलिए मैंने जल्दी ही उनका मेडिकल इतिहास देखा। वह मधुमेह के रोगी थे और कई वर्ष पहले उन्हें दौरा पड़ा था। वह खून को पतला करने वाली दवा एस्पिरिन और डायोनिल, एक शक्तिशाली मधुमेह विरोधी दवा ले रहे थे। क्या ब्लड थिनर के कारण उसके मस्तिष्क में रक्तस्राव हो सकता है? मैंने सोचा और ये घोषणा की, "हमें उसे अस्पताल ले जाना है।" अवराचेन सहमत हुए, हालांकि थोड़ा अनिच्छा से।

"उसके रक्त शर्करा की आखिरी बार जाँच किए हुए कितना समय हो गया है?" मैंने पूछ लिया।

"अब कुछ साल हो गए होंगे," अवराचेन ने उत्तर दिया। आखिरी बार वह तब किया गया था जब उन्हें स्ट्रोक के साथ अस्पताल में भर्ती कराया गया था।"

मैंने लिसी से एक आपातकालीन रक्त शर्करा परीक्षण करने के लिए कहा। परिणाम की प्रतीक्षा न करते हुए, मैंने ग्लूकोज इनफ्यूजन शुरू किया। ब्लड शुगर की रिपोर्ट बत्तीस आई। यह आवश्यक न्यूनतम स्तर से बहुत कम था। वह पहले से ही ग्लूकोज ड्रिप से ठीक हो रहा था।

"हमें उसकी दवाओं को कम करना होगा। कृपया देखें कि वह नियमित अंतराल पर अपना ब्लड शुगर भी चेक करवाते रहैं, "मैंने अवाराचेन को सलाह दी।

***

16.   टूटी हड्डियाँ और दिल

हमें अक्सर गिरने के मामले फ्रैक्चर के साथ मिल रहे थे। ज्याद मुश्किल नहीं होने से मैं संभाल पा रहा था। अंग पर खींचते समय एक स्प्लिंट या स्लैब लगाया जाता था ताकि हड्डी के टुकड़े सही जगह में आ जाएं। रोगियों को तीन दिनों के भीतर एक्स-रे के साथ आने के लिए कहा जाता था, ताकि यह देखा जा सके कि हड्डियां अच्छी तरह से जुड़ी हैं या नहीं। लगभग दस प्रतिशत वापस नहीं आते थे और बाकी में से नब्बे प्रतिशत बिना एक्स-रे के लौट आते थे, यह कहकर, 'हम पठानमथिट्टा जाने और एक्स-रे लेने का जोखिम नहीं उठा सकते, डॉक्टर।'

यह उम्मीद करते हुए कि चीजें ठीक हो जाएंगी, मैं, परत दर परत, खंडित क्षेत्र के चारों ओर पट्टी बांधकर, परतों के बीच में प्लास्टर ऑफ पेरिस पाउडर और पानी का छिड़काव करते हुए आगे बढ़ता था। सख्त और सूद्रढ होने तक प्रतीक्षा करने के

बाद, उन्हें 6 सप्ताह के बाद वापस रिपोर्ट करने के लिए घर भेज दिया जाता था। लौटने पर, कठोर आरी के साथ श्रमसाध्य रूप से काटना पड़ता था।

अधिकांश फ्रैक्चर सीधे और अच्छी तरह से एकजुट हो जाते थे, लेकिन कभी-कभी आपके पास ऐसे मामले होते हैं जब हड्डियां एक कोण पर एकजुट हो जाती हैं, जिससे हाथ या पैर थोड़ा मुड़ा हुआ होता है, जिसे रोगियों ने अपने भाग्य के रूप में स्वीकार कर लिया थ। हालांकि,एक भी मामला ऐसा नहीं था- जहां हड्डियां एकजुट होने में विफल रहीं। मैंने इसका श्रेय ग्रामीणों की कठोरता और उनके साथ उनके अच्छे रहन सहन दिया था।

मुझे पता था कि मुझे एक्स-रे मशीन प्राप्त करने की कल्पनाओं को छोड़ना होगा। इसमें बहुत ज्यादा खर्च होगा, और इसे बनाए रखना और पूर्णकालिक तकनीशियन होना स्पष्ट रूप से सम्भव नहीं था। लेकिन निश्चित रूप से, मुझे एक ईसीजी मशीन लेनी चाहिए!

सीने में तेज दर्द के मामले लगभग रोज आ रहे थे। अक्सर, यह पेट से अम्ल उत्सर्जन के कारण होता था। कई लोगों के लिए, मिर्च किसी भी डिश में सबसे पसंदीदा सामग्री थी। यह दिल के दौरे की बारीकी से जांच करने में सक्षम हो सकता था।

ऐसे लोग थे जो मनोवैज्ञानिक रूप से प्रेरित दर्द के साथ आ रहे थे, ऐसे अक्सर युवा महिलाओं में हो रहा था। दिल का दौरा पड़ने की भी संभावना थी! केवल एक साधारण परीक्षा के साथ प्रत्येक स्थिति का निदान करना वास्तव में मुश्किल था।

मेल द्वारा भेजी गई पूछताछ ने कोच्चि में बीपीएल कार्यालय के विकल्प को सीमित कर दिया, जिसने तेरह हजार रुपये में एक बुनियादी मॉडल की आपूर्ति करने की पेशकश की। मैंने सोचा, हम दो या तीन महीने के भीतर पर्याप्त बचत करने में सक्षम हो सकते हैं, लेकिन मैं इंतजार करने के लिए तैयार नहीं था। मैंने थिरुमेनी को पत्र लिखकर दस हजार रुपये का कर्ज मांगा। वह सहमत हो गए।

यह मेरी बाइक पर एक और लंबी यात्रा थी, इस बार केरल की औद्योगिक राजधानी कोच्चि की।

शहर गतिविधि से गुलजार था। मच्छरों सहित हर कोई काम में व्यस्त लग रहा था। मुझे अचानक एहसास हुआ कि मैंने चित्तर में इन अजीबोगरीब कीड़ों में से एक को कभी नहीं देखा था। यातायात असहनीय था। यदि आप अपने जीवन को महत्व देते हैं, तो बेहतर था कि आप से आगे निकलने के लिए बसों और

लॉरियों को पर्याप्त जगह दें। मुझे त्रिवेंद्रम शहर का शांत वातावरण अधिक पसंद था।

शोरूम का प्रबंधक एक डॉक्टर को देखकर खुश हुआ, जो अपनी बाइक पर एक सौ पचास किलोमीटर की सवारी करके आया था, प्रदेश के एक हिस्से से जिसका नाम उसने अब तक नहीं सुना था। उन्होंने मशीन के काम करने के बारे में विस्तार से बताया- बुनियादी समस्या निवारण तकनीकों सहित। "हमारे पास ऑनसाइट सर्विसिंग है, लेकिन परेशानी के मामले में आपको मशीन को कम से कम निकटतम शहर में लाना पड़ सकता है," उन्होंने चेतावनी दी।

ईसीजी मशीन वास्तव में उपयोगी साबित हुई। मैंने उत्सुकता से देखा कि जब से हमने मशीन हासिल की थी तब से सीने में दर्द के साथ अस्पताल में आने वाले रोगियों का अनुपात काफी बढ़ गया था। हृदय रोग के गंभीर जोखिम वाले कई रोगियों में पहली बार ईसीजी लिया गया था। हम शीघ्र ही कई हृदय रोगों को लेने में सक्षम हो गए। हम उन्हें रक्त को पतला करने वाली दवाओं पर रखते, और रक्त शर्करा, कोलेस्ट्रॉल और रक्तचाप पर कड़ा नियंत्रण रखते थे। इन उपायों से उनके जीवन में और कई वर्ष जुड़ गए थे।

गंभीर गंभीर मामले भी बहुत दूर-दराज के स्थानों से बार-बार सामने आने लगे। कभी-कभी सबरीमाला से तीर्थयात्रियों को लाया जाता था। सबरीमाला पहाड़ी तक का कठिन ट्रेक चढ़ाई के दौरान कई तीर्थयात्रियों को हृदय संबंधी दर्द का कारण था। हमारा केंद्र निकटतम था जहां एक ईसीजी उपलब्ध था, भले ही यह वन सड़कों के माध्यम से अस्सी किलोमीटर की दूरी पर था। कुछ आगमन से पहले ही मर चुके होते थे। ईसीजी में महत्वपूर्ण बदलाव वाले अन्य लोगों को प्राथमिक उपचार के रूप में कुछ जरूरी दवाएं देने के बाद पथानामथिट्टा ले जाया जाता था।

स्थानीय लोगों के साथ, उन्हें दूसरे केंद्र में रेफर करना आसान नहीं था। "बस एक ईसीजी मशीन होने से यह हृदय केंद्र नहीं बन जाता!" मैं याचना करता था। "कृपया मरीज को बेहतर सुविधाओं वाले अस्पताल ले जाएं!"

कई लोग अड़े रहते थे, और कहते, मुझे उन्हें वहीं संभालना होगा। उनमें से ज्यादातर किसी तरह बच गए थे। वे और उनके रिश्तेदार हमें कृतज्ञता से धन्यवाद कहते। कुछ जो मर गए थे, मौतों को अपरिहार्य के रूप में स्वीकार कर लिया करते थे। ईसीजी मशीन का ट्रेसिंग पेपर महज दो महीने में खत्म हो गया। मुझे तत्काल स्टॉक भरने की आवश्यकता थी।

"मेरा बेटा अभी त्रिवेंद्रम में है और सप्ताहांत के लिए घर आ रहा है। मैं उसे कुछ लाने के लिए कहूंगा, "मथाई सर ने स्वेच्छा से कहा। मैंने कृतज्ञतापूर्वक प्रस्ताव स्वीकार कर लिया। कुछ दिनों बाद, वह ट्रेसिंग पेपर के तीन रोल और एक वाउचर लेकर आया, जिस पर उसने लिखा था- ईसीजी पेपर + यात्रा व्यय- रु 550/-.

"लेकिन यह सिर्फ एक महीने तक चलेगा," मैंने उन्हें उसका भुगतान करते हुए कहा।

"चिंता मत करो, डॉक्टर। मेरा बेटा हर महीने कम से कम एक बार आ ही जाता है।"

मैंने अगली बार चाकोचन को भेजने का फैसला किया। पहले तो वह थोड़ा संकोच में था, क्योंकि उसने इतनी दूर कभी कहीं यात्रा नहीं की थी। मैंने उसे विस्तृत निर्देश दिए और एक हजार रुपये दिए। मैंने उससे कहा, "अपनी यात्रा खर्च के बाद जितना हो सके उतना खरीद लें।" वह एक उचित बिल के साथ एक बड़ा बंडल लेकर वापस आया। एक वर्ष से अधिक समय तक चलने के लिए पर्याप्त रोल थे।

एक शनिवार की रात मैं खाना खाने के बाद अपने बेटे के साथ खेल रहा था तभी चाकोचन दौड़ता हुआ आया। "डॉक्टर,

जल्दी आओ! कृष्णदास के सीने में तेज दर्द हो रहा है और उसकी सांस फूल रही है!"

कृष्णदास एक स्थानीय वीआईपी थे। आसपास के सबसे धनी व्यक्तियों में से एक, उनके कई व्यवसाय थे। इनमें से प्रमुख वह थी जिसे 'ब्लेड कंपनी' के रूप में जाना जाता था। 'ब्लेड' संदर्भ शेक्सपियर के शाइलॉक से लिया गया था।

वह स्थानीय व्यापारियों को कर्ज देता था- ज्यादातर मछुआरो को। कर्ज की शर्तें यह थी कि थोक बाजार से मछली खरीदने के लिए पठानमथिट्टा जाने से पहले सुबह-सुबह दिए गए प्रत्येक नब्बे रुपये के लिए, उन्हें रात में सौ रुपये वापस करेंगे। मैंने इस सौदे में प्रभावी ब्याज दर की मानसिक गणना की। यह लगभग चार हजार प्रतिशत पर आया! और यह देखते हुए कि ऋण केवल बारह घंटे के लिए दिया जाता है, वास्तविक ब्याज दर वास्तव में दोगुनी थी!

कृष्णदास का भी वस्तुतः बाजार पर स्वामित्व था। बाजार एक बड़ा, खुला परिसर था जो हर हफ्ते दो दिन खुला होता था। बुधवार और शनिवार चित्तर में बाजार के दिन थे। उन दिनों अस्पताल में भी अधिक मरीजो का आना हुआ करता था। पंचायत उच्चतम बोली लगाने वाले को वार्षिक आधार पर बाजार स्थान

किराये पर देती और पूरे वर्ष के लिए उस स्थान पर उसका अधिकार होता। जो कोई भी अपने उत्पाद या अन्य सामान बेचने के लिए बाजार में आता था, उसे उस दिन आवंटित स्थान के लिए मांग के अनुसार किराया देना होता था। कृष्णदास के पास अपने व्यवसाय को बनाए रखने और अपना बकाया वसूलने के लिए उनके पैरोल पर एक गुंडा गिरोह था।

जब मैं अस्पताल पहुँचा, तो कृष्णदास चिल्ला रहे थे और बिस्तर पर तड़प रहे थे, जबरदस्ती अपनी छाती को पकड़े हुए थे। उनको देखकर ऐसा लगा नहीं कि उन्हें दिल का दौरा पडा था। जो असली दर्द में होते हैं वे आमतौर पर इस तरह चिल्लाते नहीं हैं। वह उन शुरुआती लोगों में से एक थे जो पहले ईसीजी परीक्षा के लिए आए थे। ज्यादा शराब, मधुमेह और रक्तचाप के रोगी होने के बावजूद, उनका ईसीजी बिल्कुल सामान्य था। मैंने उन्हें चुप रहने का आग्रह करते हुए उसकी जांच की। "मैं इनका ईसीजी खुद लूंगा," मैंने कहा और सभी को कमरे से बाहर जाने के लिए कहा।

"अब आपको लेटना होगा, अन्यथा डिवाइस उचित ट्रेसिंग नहीं देगा," मैंने उनसे कहा और उनके शरीर पर तारों को जोड़ना शुरू कर दिया। एक बार जब सभी लोग कमरे से चले गए, तो कृष्णदास चुप हो गए थे। "यह ईसीजी बिल्कुल सामान्य दिखता

है- ठीक उसी तरह जैसा हमने पहले लिया था," मैंने उन्हें बताया। "मुझे नहीं लगता कि आपके दिल में कोई समस्या है!"

कृष्णदास ने नरम, षडयंत्रकारी लहजे में मुझसे कहा, "डॉक्टर, कृपया दूसरों को यह न बताएं जो आपने अभी मुझे बताया है। मैं कुछ दिनों के लिए भर्ती होना चाहता हूं। मेरा बेटा घर में परेशानी पैदा कर रहा था। मैंने उसे शराब पीते हुए पकड़ा और उसे डांटा, लेकिन उसने मुझ पर चिल्लाने का दुस्साहस किया था, मुझसे पूछ रहा था कि जब मैं पी सकता हूँ, वह क्यों नहीं!"

"ठीक है," मैं सहमत हो गया। "लेकिन मैं उन्हें यह नहीं बता सकता कि आपको दिल का दौरा पड़ा है। मैं कहूंगा कि आपको एक या दो दिनों के लिए निगरानी की जरूरत है।" मैंने नर्स को बुलाया और उसे विटामिन बी कॉम्प्लेक्स इंजेक्शन और एक हल्की नींद कि गोली देने के लिए कहा। उनका परिवार बहुत प्रभावित हुआ कि वह सिर्फ एक इंजेक्शन के कुछ ही मिनटों में इतना बेहतर हो गया।

मुझे इस शक्तिशाली व्यक्ति पर दया आई, जिसे दिल का दौरा पड़ने का बहाना करना पड़ा और अपने बेटे के साथ टकराव से बचने के लिए अस्पताल में भर्ती होना पड़ा। मैंने सामने के घर

में पापीचयन के बारे में सोचा। उसके पुत्र उसके प्रति कितने आदर और आज्ञाकारी थे। यही नैतिक अधिकार की शक्ति है!

****

17. सफलता और विफलता

मौली के मृत जन्मे बच्चे के अलावा मेरी सबसे बड़ी विफलताओं में से एक, एक मरीज था जो गर्मियों की सुबह लगभग दो बजे आया था। मैं गहरी नींद से जागा, आधी नींद में अस्पताल पहुंचा। मैंने उस रोगी की जल्दी से जांच की जो एक कष्टदायी सिरदर्द की शिकायत कर रहा था। कोई असामान्यता नहीं मिलने पर, मैंने माइग्रेन का निदान किया। मैंने कुछ शक्तिशाली दर्दनिवारक दवाएं दीं और अपनी नींद पूरी करने के लिए घर वापस चला गया।

लगभग पाँच बजे, मुझे फिर से उसी मामले के लिए बुलाया गया। लगता है उन्हें दर्द से ज्यादा आराम नहीं मिला और कुछ ही देर पहले उनका निधन हो गया। मैं तेजी से वार्ड की ओर भागा। मुझे कोई पल्स महसूस नहीं हो रही थी। उसके दिल की धड़कन भी नहीं थी। वह मृत था! यह मस्तिष्क में आंतरिक

रक्तस्राव रहा होगा जो इस तरह अचानक मौत का कारण बना। शायद एक एन्यूरिज्म- मस्तिष्क में धमनी का एक गुब्बारा, जो फट गया। मैंने उन्हें माइग्रेन के निदान के लिए दर्दनिवारक दवाएं दीं थी।

मुझे इस बात से कुछ तसल्ली हुई कि यहां आने के तीन घंटे के भीतर ही उनकी जान चली गई। यहां तक कि अगर मुझे गंभीर मस्तिष्क की चोट का पता चलता और उसे तुरंत रेफर किया जाता, तो सीटी स्कैन की सुविधा वाले केंद्र तक पहुंचने में उन्हें कम से कम चार घंटे लगते।

***

विफलताओं की तरह सफलताएँ भी अप्रत्याशित रूप से मिलीं। सेल्वन एक अधेड़ उम्र का बागान मजदूर था जो काम के दौरान अचानक गिर जाने के कारण बेहोश हो गया था। सुबह उठने पर सिरदर्द की शिकायत के अलावा उसने कोई परेशानी नहीं बताई थी।

मुझे पूरा यकीन था कि यह मस्तिष्क में रक्तस्राव का मामला था, और मैंने उनके परिवार को उन्हें तुरंत त्रिवेंद्रम या कोच्चि के एक प्रमुख केंद्र में ले जाने के लिए कहा। परिजन अनिच्छुक थे और चाहते थे कि उसका इलाज यहां हो। मैं इस बार उनकी बात नहीं मानने वाला था। मैं यहां सुविधाओं की कमी का हवाला देते हुए डटा रहा। लेकिन तभी उसके पिता मेरे पास आए।

"डॉक्टर, यदि आप उसे भर्ती करते हैं और उसका इलाज करते हैं, तो जो भी परिणाम होगा हम उसे स्वीकार करेंगे। लेकिन अगर आपने मना किया तो हम उसे वापस घर ले जाएंगे। हम निश्चित रूप से उसे किसी हाई-टेक सेंटर में ले जाने में सक्षम नहीं हैं।"

मैंने त्रिवेंद्रम के एक निजी अस्पताल में एक वरिष्ठ न्यूरोलॉजिस्ट के साथ काम किया था। वे कहा करते थे- "बड़ा दौरा पड़ने पर हम कुछ नहीं कर सकते। हम रोगी के जीवन को बनाए रखने की कोशिश कर सकते हैं, और मस्तिष्क को खुद को ठीक होने के लिए समय दे सकते हैं।"

मैंने उनकी सलाह मानने का फैसला किया। मैंने नथुने के माध्यम से पेट में एक ट्यूब डाली ताकि उसे खिलाया जा सके

और एक अन्य ट्यूब मूत्र को बाहर निकालने के लिए डाली। मस्तिष्क की सूजन को कम करने के लिए कुछ दवाएं दी गयी और रक्त में इसके स्तर को बढ़ाने के लिए ऑक्सीजन दी गयी ताकि मस्तिष्क को बेहतर उपलब्धता मिल सके। दो हफ्ते बाद भी उनकी हालत वैसी ही थी। उसकी सांस, नाड़ी और धड़कन के अलावा जीवन का कोई संकेत नहीं था। मैंने उसके पापा को अपने कमरे में बुलाया।

"क्षमा करें," मैंने कहा, "लेकिन ऐसा लगता है कि सुधार का कोई संकेत नहीं है। मुझे उसे यहां और रखने का कोई तुक नजर नहीं आता। मुझे लगता है कि बेहतर होगा कि आप उसे घर ले जाएं।

"मैं समझता हूँ, डॉक्टर। मैं उसे ले जाने के लिए कल एक जीप की व्यवस्था करूँगा।"

अगले दिन सुबह, जब मैं अस्पताल जाने के लिए तैयार हो रहा था, मैंने अपने दरवाज़े पर तेज़ दस्तक सुनी। उस दस्तक से मैं समझ सकता था कि यह चाकोचन नहीं था।

मैंने दरवाजा खोला तो सेलवन के पिता खडे थे। मैंने खुद को सबसे खराब स्थिति के लिए तैयार किया।

"डॉक्टर साहब!" वह उत्साह से बोला। "मेरे बेटे ने अपनी आँखें खोली हैं! वह मुझे देख रहा था।"

सेलवन की छुट्टी रद्द कर दी गई। वह थोड़ा-थोड़ा सुधरता गया, और कुछ आवाजें निकालने की कोशिश करने लगा, जैसे कि कुछ कहना चाहता हो। अंगों में हलचल धीरे-धीरे दिखाई देने लगी। मैंने कुछ फिजियोथेरेपी अभ्यासों की सलाह दी जिसका उन्होंने पूरी लगन से पालन किया। जब उन्हें दो सप्ताह के बाद छुट्टी मिली, तो वे अस्पताल से बाहर खुद चल कर गए, हालांकि सहारे के साथ, पर मैं बहुत खुश था।

***

किसी मामले को समय पर तुरंत रेफर करने से आपको कभी-कभी बहुत अधिक क्रेडिट मिल सकता है।

प्रीति का मामला हाल ही में पता चला गर्भावस्था का मामला था। वह दो हफ्ते पहले नियमित प्रसवपूर्व जांच के लिए आई थी। एक दिन, जब मैं ओपी में व्यस्त था, पेट के निचले हिस्से में तेज दर्द के साथ उसे लाया गया। उसने चक्कर आने की

151

शिकायत की और जब मैं उसकी जांच कर रहा था, तब वह बेहोश हो गई। उसे गिरने से बचाने के लिए मुझे जल्दी से उसे पकड़ना था। मैंने उसे फर्श पर लिटा दिया। उसे बहुत पसीना आ रहा था।

उसके बगल में घुटने टेककर, मैंने उसकी नब्ज महसूस की। वह अत्यंत दुर्बल थी। उसे फर्श पर ही लेटाकर अंतःशिरा तरल पदार्थ पंप किए गए थे। कुछ देर बाद उसे होश आया। उसके पेट को छूकर मैंने पाया कि उसे निचले हिस्से में छूने पर दर्द हो रहा था। मुझे यकीन था कि यह ट्यूबल गर्भावस्था का मामला था जिसमें फेलोपियन ट्यूब फट गया था। उसकी जान को खतरा है! मैंने उसके पिता को बताया जो राहत महसूस कर रहे थे कि वह बेहतर दिख रही थी।

"आपके पास प्रतीक्षा करने का समय नहीं है," मैंने उनसे कहा। "जितनी जल्दी हो सके उसे सीधे तिरुवल्ला ले जाओ। उसे तत्काल सर्जरी की जरूरत है।" मुझे उस पर स्थिति की तात्कालिकता को प्रभावित करना था। "उसे रक्त की आवश्यकता हो सकती है। कुछ लोगों को साथ लें कर जाये जो दान करने के इच्छुक होंगे। वह ओ पॉजिटिव है। कुछ युवा, जो अपने माता-पिता को परामर्श के लिए लाए थे, तुरंत स्वेच्छा से आगे बढ़े और उनके साथ जीप में सवार हो गए।

एक पखवाड़े बाद, प्रीति और उसके पिता विदेशी चॉकलेट के एक बड़े पैकेट के साथ मुझसे मिलने आए। "आपने मेरी बेटी की जान बचाई, डॉक्टर!" उन्होंने बताया कि कैसे शुरू में उन्होंने मेरी सलाह को नज़र अंदाज़ किया और उन्हें पठानमथिट्टा के एक अस्पताल में ले गए। उन्हें बताया गया कि इस तरह के गंभीर मामले को वहां नहीं संभाला जा सकता है, और उन्हें फिर से थिरुवल्ला निर्देशित किया गया। जब तक वे वहां पहुंचे, तब तक वह फिर बेहोश हो चुकी थी।

मेरे संदर्भ पत्र को देखने के बाद आकस्मिक चिकित्सक ने उसे ऑपरेशन थियेटर में पहुँचाया। सर्जरी के दौरान और बाद में आठ बोतल खून चढ़ाना पड़ा। उसके बाद सब कुछ ठीक हो गया, और यहाँ वह कृतज्ञता से मुस्करा रही थी।

मैं चॉकलेट के लिए आभारी था। ठीक एक दिन पहले, अजू ने मुझे एक चॉकलेट लाने के लिए कहा था। तिरुवल्ला की यात्रा के दौरान उसने उसका स्वाद चखा था। मैंने चित्तर में सभी दुकानों पर कोशिश की थी, लेकिन उनमें से किसी में भी चॉकलेट नहीं थी - केवल सख्त, गोल मीठी गोलियां थी। मैंने उन्हें इस डर से नहीं खरीदा कि वह उसके गले में फंस सकती थी। मुझे बुरा लगा था कि मैं उसकी साधारण सी इच्छा को पूरा नहीं कर पा रहा

था। सभी कर्मचारियों को बांटने के बाद भी, अजू के पास कई हफ्तों तक चलने के लिए पर्याप्त चॉकलेट थी।

प्रीति के पिता बहुत बड़े प्रशंसक बन गए। उन्होंने बताया कि कैसे मिशन अस्पताल में डॉक्टर ने उनकी बेटी को बचाया, जिससे भी वह मिले। अस्पताल में आने वाले कई मरीज उनसे कहानी सुनकर मेरी सराहना करते थे। मैंने उस स्त्री रोग विशेषज्ञ के बारे में सोचा जिसने गिरे हुए मरीज की सर्जरी करने के लिए गंभीर तनाव में काम किया था। लेकिन प्रीति और उसके परिवार के लिए मैं हीरो बन गया था।

****

18.   नए दोस्त!

हमारे पास अचानक से एक आगंतुक आए। वह बुलेट पर सवार होकर पहुंचे। यह एक मोटरसाइकिल थी जिसने मुझे हमेशा आकर्षित किया था। "हाय, डॉक्टर!" वह मुझे खुशी से मिले। "मैं आपसे मिलने आया हूँ। मैं चित्तर एस्टेट में सहायक प्रबंधक हूँ।"

चित्तर एस्टेट, चित्तर के एक बड़े हिस्से में फैला रबर का विशाल बागान था। यह कई सौ एकड़ का था, जो पंचायत के सीमावर्ती क्षेत्रों तक फैला हुआ था।

"डैनियल जॉर्ज," उसने अपना परिचय दिया। हम बात करने बैठे। मेरी उम्र के होते हुए भी वह कुंवारे थे और एस्टेट बंगले में एकाकी जीवन व्यतीत करते थे। उसके पास कंपनी के लिए एक पुराना बटलर और एक बड़ा काला लैब्राडोर था। उसके लड़के जैसी शकल के साथ, मुझे यह विश्वास करना मुश्किल हो

रहा था कि हम एक ही उम्र के थे। हमारी बातचीत अंग्रेजी में थी। वह मलयाली नहीं थे, हालाँकि वे भाषा में बात कर सकते थे। उनका घर तमिलनाडु के प्रसिद्ध हिल स्टेशन ऊटी के पास था। बहुत दिनों के बाद मैंने किसी से अंग्रेजी में बात की थी।

डी. जी., जिस नाम से हम उन्हें बाद में बुलाने लगे, ने देखा कि मेरा वायलिन केस दीवार पर टंगा हुआ था। "क्या आप वायलिन बजाते हैं? क्या मैं आपको बजाते हुए सुन सकता हूँ?"

"अभी नहीं," मैंने मना कर दिया। "बहुत समय हो गया ओर मैंने इसे ट्यून भी नहीं किया है।"

"ठीक है, लेकिन इसे ठीक कर लें और जल्द ही तैयार हो जाएं। मेरे पास एक गिटार है जिसे मैं कभी-कभी अकेले बजाता हूं, एक धुन गुनगुनाता हूं। हम मिल कर कुछ धुन बनाने की कोशिश कर सकते हैं। किसी दिन मेरे घर पर आने की योजना बनाओ।"

मैं उत्साहित था। मुझे ऐसा कुछ किए हुए काफी समय हो गया था। अजू उसकी ओर आकर्षित, लग रहा था और उसकी गोद में बैठा चाबियों के गुच्छे से खेल रहा था।

रविवार की शाम हम एस्टेट स्थित उनके बंगले पर गए। मैंने अपना वायलिन ठीक से ट्यून किया था। हमने एक साथ कई गाने बजाए- मैं वायलिन पर और वह अपने गिटार पर झूम रहा था, उसका लैब्राडोर वोकल्स के लिए शामिल हो रहा था।

डीजी अब नियमित रूप से हमारे यहाँ आने लगे थे। अजु को उसका आना अच्छा लगता, उसके साथ खेलने का बेसब्री से इंतजार करता, दोनों फर्श पर खूब मस्ती करते थे।

"क्या आप रविवार को मेरे साथ पठानमथिट्टा आ सकते हैं?" डीजी ने फर्श से ऊपर देखते हुए पूछा। "हमारे पास वहां एक गाना बजाने वालों का एक समूह है और हम एक संगीत कार्यक्रम की योजना बना रहे हैं। हम हैंडेल के मसीहा को गाना चाहते हैं। यदि आप आते हैं, तो हम वास्तव में धूम मचा सकते हैं।"

मैं रोमांचित था, लेकिन झिझक रहा था। "अगर मैं दूर जाता हूँ तो जेसी को अस्पताल से सभी कॉल्स पर ध्यान देना होगा। यह उसके लिए मुश्किल होगा।

"जाओ!" जेसी ने आग्रह किया। "यह केवल दो या तीन घंटे का संगीत कार्यक्रम होगा। मैं संभाल लूंगी।" वह जानती थी कि मैं बहुत इच्छा से संगीत से जुड़ना चाहता था। संगीत एक ऐसा क्षेत्र था जहां हम कभी जुड़े नहीं- वह हमेशा से इससे दूर थी।

हम हर रविवार को उनकी बुलेट पर पठानमथिट्टा जाते थे। यह एक अद्भुत बैंड था, लेकिन ज्यादातर सभी नौसिखिए थे। उन्हें मेरा डीप बास पसंद आता था।

कॉन्सर्ट वाले दिन हॉल खचाखच भरा हुआ था। मैं हमारी प्रस्तुति से खुश नहीं था, लेकिन हालेलूजाह कोरस के बाद जोरदार तालियों से सुखद आश्चर्य हुआ। कॉन्सर्ट के बाद उपस्थित विशेषज्ञ हमारे पास आए और अपनी निराशा के बारे में बताया। मुझे एहसास हुआ कि गाना बजाने वाले सभी सदस्य दोस्तों और रिश्तेदारों को चीयर लीडर्स के रूप में लाए थे। "वैसे भी, हालेलुजाह कोरस को पहली बार पठानमथिट्टा में गाया गया है," डीजी ने मुझे दिलासा दिया।

एक दिन उन्होंने हमें बताया कि उनकी कंपनी अपने एस्टेट में एक योग्य डॉक्टर नियुक्त करने की योजना बना रही है। "क्या आपकी रुचि होगी? अस्पताल में बहुत कम सुविधाएं हैं लेकिन आपको अच्छा वेतन मिलेगा!"

यह मुझे आकर्षक नहीं लगा। मुझे इस अस्पताल को छोड़ना होगा जिसे हमने बनाया है और एक ऐसी जगह पर काम करना होगा जहां प्रयोगशाला या रोगियों के लिए सुविधाएं नहीं हैं। किसी सार्थक उपचार की बहुत गुंजाइश नहीं होगी। काम

ज्यादातर प्रशासनिक होगा। इसके अलावा, उनके पास केवल एक चिकित्सा अधिकारी के लिए जगह थीं।

लगभग तीन महीने बाद, जब डीजी हमारे पास आए, तो उनके साथ एक अधेड़ उम्र का लड़का था। "डॉ लोनप्पन," डीजी ने उनका परिचय कराया। यह हमारे नए चिकित्सा अधिकारी हैं।

हम बहुत अच्छी तरह से परिचित हो गए। वह अपनी पत्नी के साथ डॉक्टर के बंगले में रहते थे। उनके तीन बच्चे- सभी लड़कियां बोर्डिंग स्कूलों में थीं। वह एक अनुभवी वृक्षारोपण चिकित्सक थे और एक छोटी कंपनी में एक चाय बागान में काम कर रहे थे।

"यहाँ वे बहुत बेहतर वेतन दे रहे हैं, लेकिन मैं जलवायु को बर्दाश्त नहीं कर पा रहा हूँ। चाय बागान में बहुत ठंड थी, " उसने शिकायत की। क्षतिपूर्ति करने के लिए, वह बार-बार टब में नहाता था, टब को ठंडे पानी और बहुत सारे बर्फ के टुकड़ों से भरता था। अस्पताल में उनका काम सुबह सिर्फ दो घंटे और शाम को दो घंटे और था। उनकी कमजोरियां अंडे और शराब थीं। उसके पास हर दिन एक दर्जन अंडे होते थे, जिसकी शुरुआत बेड कॉफी के साथ डबल बुल्स-आई से होती थी। शराब के लिए

शाम ओपी के बाद तक इंतजार करना पड़ता, लेकिन जो समय की कमी होती, उसकी भरपाई रात तक हो जाती।

"मैं आपके मनोविज्ञान को नहीं समझता थॉमस, आप बहुत मेहनत कर रहे हैं और मुआवज़े के रूप में आपको कुछ भी नहीं मिलता बल्कि आप एक तरह से गुलामी कर रहे हैं।" वह सही था। जेसी और मैं एक साथ जितना कमा रहे थे, उससे दोगुने से भी ज्यादा उसका वेतन था।

"लेकिन क्या यह उबाऊ नहीं होगा? आप टाइम पास करने के लिए क्या करेंगे?"

"हाथ में एक बोतल के साथ, कुछ भी उबाऊ नहीं हो सकता! और पैसा हमारे बच्चों को शिक्षित करने के काम आएगा।"

हम अक्सर मिलते थे। अंत में, हमारे पास कंपनी के लिए एक डॉक्टर और उनका परिवार था। किसी अन्य चिकित्सक के साथ मामलों पर चर्चा करना अच्छा था। वह मामलों की श्रेणी से प्रभावित था जिन्हें हम संभाल रहे थे।

****

19. जहां सीता धरती मां के गर्भ में लौटीं

सुबह ओपी में सीकेएम को देखकर मैं हैरान रह गया। वह बीमार दिख रहा था। डॉ. लोनप्पन का साथ मिलने के बाद से मैं उनके यहां नियमित नहीं जा पाया था। हमें मिले हुए काफी समय हो गया था।

"मैं भर्ती होने आया हूँ, डॉक्टर। एक हफ्ते से मेरी तबीयत ठीक नहीं है। मेरी जांघ में दर्द और सूजन फिर से हो गई है। डॉ. के.एम. थॉमस द्वारा फोन पर दी जाने वाली एंटीबायोटिक्स काम नहीं कर रही हैं। मैंने आज फिर उन्हें फोन किया और उन्होंने मुझे यहां भर्ती होने के लिए कहा। वह आपको कॉल करेंगे।"

मैंने देखा कि उसकी जांघ सूजी हुई, गर्म और लाल थी। उसके शरीर का तापमान उच्च चला रहा था। मैंने उसे भर्ती कर

लिया और डॉ. थॉमस के कॉल का इंतजार करने का फैसला किया। शाम को कॉल आई। मैंने उन्हें सीकेएम की स्थिति से अवगत कराया।

"उसे एमिकैसीन पर शुरू करें," उन्होंने सलाह दी। "उच्च खुराक दें- 750 मिलीग्राम सुबह और शाम।"

एमिकैसीन एक नया एंटीबायोटिक था जिसे मैंने पहले कभी इस्तेमाल नहीं किया था। मैंने उनसे ऐसा कहा।

"मुझे लगता है कि यही एकमात्र विकल्प है। बस नियमित रूप से उनके गुर्दे के कार्य की निगरानी करें।"

दवा पठानमथिट्टा से लाई गई थी और सीकेएम पर शुरू हुई थी। तीसरे दिन से उनमें सुधार होने लगा। डॉ. के. एम. थॉमस ने इसे सात दिन तक देने की सलाह दी थी। पांचवें दिन सीकेएम फिर बीमार और जी मिचलाने लगा। उसका पेशाब पीला हो गया था और मैंने देखा कि उसे पीलिया हो गया था। मुझे तनाव महसूस हुआ। मुझे यकीन नहीं था कि उसके पीलिया का कारण क्या था। यह वास्तव में काफी तनाव पूर्ण होत था जब मुझे अपने दोस्तों या रिश्तेदारों का इलाज करना होता था। मैंने उनसे कोच्चि के डॉ. के. एम. थॉमस के अस्पताल में स्थानांतरित करने का अनुरोध किया।

वे दोपहर में कोच्चि के लिए रवाना हुए। सीकेएम को वहां एक और हफ्ते के लिए भर्ती कराया गया था। वह ठीक हो कर लौट आया था। डॉ. थॉमस ने उन्हें बताया था, "एमिकैसीन में लिवर टॉक्सिसिटी होने की उम्मीद नहीं है।" यह एक अपवाद हो सकता है, जिसका कारण उन्हें दी गई उच्च खुराक थी।"

ओणम सभी मलयाली लोगों का सबसे बड़ा त्योहार होने के कारण, जैसे-जैसे दिन नजदीक आते गए, अस्पताल में भीड़ काफी कम हो गई। हमारे पास कुछ ही मरीज बचे थे, वे सभी काफी स्थिर थे। "काश हम बदलाव के लिए कहीं जा पाते," मैंने सीकेएम से कहा। वह अब पहले की तरह स्वस्थ था। अब लगभग दो साल हो गए हैं जबसे हम एक परिवार के रूप में कहीं गए हैं। लेकिन हम जहां भी जाते हैं, हमें रात होने तक वापस लौटना होता है।

"दिवाकरन सर ने मुझे कई बार कहा है कि एक दिन उनके घर आपको साथ ले कर जाऊं। वह सीताकुझी के पास रहते है, और वह जगह घने जंगलों के बीच है।"

"सीताकुझी? मतलब, सीता का गड्ढा? ऐसा क्यों कहा जाता है?"

"माना जाता है कि यही वह जगह है जहां सीता मा धरती में समा गयी थी। आप वास्तव में उस स्थान को देख सकते हैं," सीकेएम ने समझाया।

"मुझे नहीं पता कि मैं चल पाऊंगा या नहीं। अभी तीन मरीज हैं। ओणम पर अस्पताल में छुट्टी होती है, इसलिए उस दिन नियमित ओपीडी नहीं होती। मैं देखूंगा कि क्या यह मेरे लिए मुमकिन होगा।

ओणम के ठीक एक दिन पहले, जैसे ही मैंने शाम की ओपी समाप्त की, मुझे निराशा हुई कि एक मरीज अभी भी भर्ती था। उसे टाइफाइड बुखार था और उसे तीन दिन पहले भर्ती कराया गया था। हालांकि, ऐसा लग रहा था कि उस पर इलाज का असर हो रहा है, लेकिन फिर भी उसे कभी-कभार बुखार आता था। मेरे पास मरीज को अस्पताल में रखकर बाहर जाने का कोई रास्ता नहीं था। तभी, एक बड़ी-सी मुड़ी हुई मूंछों वाला और अहंकारी रूप धारण किए एक युवक अंदर आया।

"डॉक्टर, कल ओणम है और आप मेरी माँ को यहाँ रखना चाहते हैं?"

"वास्तव में मैं उन्हें यहाँ नहीं रखना चाहता," मैंने कहा। "लेकिन मैं और क्या कर सकता हूँ? वह अभी भी कमजोर है और उन्हें बार-बार बुखार आ रहा है।"

"आप तीन दिन से उनका इलाज कर रहे हैं और अभी भी उन्हें ठीक नहीं कर सके?"

"बेशक! टाइफाइड बुखार आसानी से ठीक नहीं होता है, खासकर जब आपने उन्हें अस्पताल लाने से पहले एक सप्ताह से अधिक समय तक तेज बुखार के साथ घर पर रखा था।" मैंने उनकी आक्रामकता का मुकाबला किया।

"मैं उसे इलाज के लिए कहीं और ले जाना चाहता हूं," उन्होंने घोषणा की।

उनके शब्द मेरे कानों के लिए संगीत की तरह थे। मैं कल छुट्टी ले पाऊंगा!

"कृपया करें," मैंने कहा इससे पहले कि वह अपना मन बदल पाता, मेंने कहा, "मैं आपको आपके बिल पर पचास प्रतिशत की छूट भी दूंगा।"

मैं सीकेएम के स्थान पर पहुंचने का इंतजार नहीं कर सकता था। मैंने उसे अस्पताल से फोन किया। "आखिरी मरीज को अब छुट्टी दी जा रही है। क्या हम कल यात्रा कर सकते हैं?"

"ज़रूर! दिवाकरन सर अभी यहां हैं। जल्दी आओ। हम सब कुछ तय करेंगे।"

हमने एक जीप किराए पर लेने, और अगले दिन 9 बजे जंगल के रास्तों से गुजरते हुए दिवाकरन सर के घर पर दोपहर का भोजन करने का तय किया। जेसी अतिउत्साहित थी, और ऐसा लग रहा था कि अजू भी हमारे उत्साह को भांप रहा था।

जीप आ गई और हम अंदर जाने ही वाले थे कि अस्पताल से फोन आया। एक महिला प्रसव पीडा में थी! पलायन की आशा धूमिल होती हुई महसूस करते हुए, मैं अनिच्छा से रोगी की जांच करने गया। यह पहली गर्भावस्था थी। योनि परीक्षण पर, मैं देख सकता था कि, यह पैर की तरफ से बच्चे के जन्म लेने वाली स्थिति थी। बच्चा सामान्य से उल्टा लेटा हुआ था- सिर ऊपर था और नितंब पहले बाहर आने के लिए तैयार थे। पूर्ण प्रगति के लिए बहुत अधिक समय बचा था। हमने पहले भी ब्रीच डिलीवरी की है, लेकिन यह अतिरिक्त सतर्कता का दिन नहीं था।

"यह सामान्य प्रकार की डिलीवरी नहीं होगी। बच्चा सामान्य से उल्टा लेटा हुआ है, बेहतर होगा कि आप उसे एक उच्च श्रेणी केंद्र पर ले जाएं," मैंने उम्मीद से रिश्तेदारों को समझाने की कोशिश की। वे अपेक्षाकृत अच्छे समृद्ध परिवार से थे, और उसे पठानमथिट्टा ले जाने के लिए तैयार हो गए।

मैं घर वापस चला गया जहां जेसी और अजू जीप के पास इंतजार कर रहे थे। "चलो, अंदर आ जाओ। हम जा रहे हैं!"

सीकेएम और परिवार को लेने के बाद, हम निकल पड़े। हम पहले ही जंगल में प्रवेश कर चुके थे कि किसी ने देखा कि हड़बड़ी में मैं अपना स्टेथोस्कोप वापस रखना भूल गया था। यह अभी भी मेरे गले में लटका हुआ था। सीकेएम के बेटे ने मजाक में कहा, "जंगल के जानवर सोच सकते हैं कि एक डॉक्टर उनकी जांच करने आया है।"

अचानक ड्राइवर ने इतनी जोर से ब्रेक लगाया कि हम सब आगे गिर पड़े। "ध्यान से! मैं लगभग उनसे टकरा गया! उन्होंने कहा, देखो। वे लगभग आठ से दस बड़े, मोटे, जंगली सूअर थे। हमें रास्ते में और भी बहुत कुछ देखना था। मुझे जेसी की चिंता होने लगी, जो अब सातवें महीने में थी। गर्भपात कराने

के लिए यह सबसे खराब जगह होगी। मैंने उसे धीरे चलने को कहा।

ड्राइवर ने थोड़ी देर बाद गाड़ी रोकी और कटहल के एक बड़े पेड़ की ओर हमारा ध्यान खींचा। "विशालकाय गिलहरी!" उनमें से तीन, एक बड़े फल की दावत कर रहे थे, हमारी उपस्थिति से बेखबर। हर एक का आकार एक बड़े खरगोश के आकार से भी बड़ा था। जैसे ही सूरज की किरणें उन पर पड़ती, उनकी पीठ तेज लाल हो जाती थी।

एक अन्य स्थान पर वह फिर रुका और एक पहाड़ी की चोटी की ओर इशारा किया। हम कुछ भी नहीं देख सकते थे, बस लंबी घास से टहनियाँ चिपकी हुई लग रही थीं। "वे सांभर हिरण हैं। उन टहनियों को देखते रहो। वे इसके कान हैं। जब वे सिर उठाएंगे तब तुम उन्हें देख पाओगे।" निश्चित रूप से, उनमें से एक ने ऊपर देखा, और हम उसका सिर और लंबी गर्दन देख सकते थे। मानो इशारे पर, बाकी लोगों ने भी सिर उठाया। वह दर्जनों में थे।

जैसे-जैसे हम आगे बढ़ते गए, हमने मोर, जंगली पक्षी, साही और लंबे सींग वाले हिरण देखे। मुख्य आकर्षण तब था जब हम सीताकुझी के पास एक खुले स्थान पर पहुँचे। यहां हाथियों

का एक पूरा झुंड था जिसमें तीन बच्चे थे- एक बहुत छोटा और प्यारा। "यह एक महीने से कम का होना चाहिए," ड्राइवर ने टिप्पणी की। सीकेएम और मैं करीब से देखने के लिए नीचे उतरे। "बहुत करीब मत जाओ," उन्होंने चेतावनी दी। "झुंड आमतौर पर हमला नहीं करते हैं, लेकिन जब उनके साथ बच्चे होते हैं तो खतरा हो सकता है।" झुंड ने हालांकि फैसला किया कि हम नुकसान पहुंचाने नहीं गए थे, और पेड़ों में पीछे हट गए।

एक तेज ढलान पर हम नदी के तट पर पहुँचे। हम एक छोटे से झरने से थोड़ा आगे नीचे एक जगह पर थे। पानी उथला था। झरने से कुछ ही मीटर की दूरी पर नदी के तल में वास्तविक स्थान था जिसके माध्यम से माना जाता है कि सीता को धरती माता ने खींच लिया गया था। कुन्ड स्वयं पानी से ढका हुआ होने के कारण दिखाई नहीं दे रहा था, लेकिन उसके मुहाने पर पानी के मंथन ने उस स्थान का संकेत दिया।

"यह एक बहुत ही संकरा छेद है जो इतना चौड़ा है कि दुबली-पतली सीता उसमें से गुजर सके। गहराई कोई नहीं जानता।" चालक अपनी जीप पर टेक लगा कर किनारे पर आराम कर रहा था। "यदि आप अंत में बंधे हुए पत्थर के साथ धागे की एक रील को खोलते हैं, तो वह तक नहीं पहुंच पाएगा।"

मैंने इधर-उधर देखा और गिरे हुए पेड़ से एक लंबी शाखा तोड़ दी। यह करीब बीस फुट लंबा था। मैंने इसे रसातल में नीचे धकेल दिया, जहाँ तक यह जा सकता था। कोई प्रतिरोध नहीं था। मैंने इसे जाने दिया, और यह बस चला गया और, दृष्टि से गायब हो गया। मैंने सोचा, काश मैं धागे का एक स्पूल लाया होता।

दिवाकरन सर का घर ठीक जंगल के बीच में था। यह एक बड़ा और अच्छी तरह से सुसज्जित घर था, जिसके चारों ओर कोई ओर घर नहीं था। हमने रास्ते में केवल कुछ अस्थायी झोपड़ियाँ देखीं, जिन पर आदिवासियों का कब्जा था। बेशक, वहाँ बिजली नहीं थी।

सर ने हमें चारों ओर दिखाया। उसके अहाते में शीशम के बड़े-बड़े पेड़ थे। उन्होंने हमें बताया, "हर एक पेड़ लाख रुपये से अधिक कमा सकता है।

लेकिन हमें इसे काटने की अनुमति नहीं है। यहां तक कि उनमें से किसी एक को नुकसान पहुंचाना भी एक बड़ा अपराध होगा।"

"आपको यह संपत्ति ठीक जंगल के बीच में कैसे मिली?" मैं उत्सुक था।

"मेरे पास इसके उचित कागज़ मौजूद हैं," उन्होंने कहा। मैंने सोचा कि आगे जांच न करना ही बेहतर होगा।

दोपहर के भोजन से पहले, दिवाकरन सर ने हमें स्थानीय पेय - अरक परोसा। "यह सबसे अच्छी गुणवत्ता वाला होता है, जिसे आयुर्वेदिक जड़ी बूटियों के साथ पीसा जाता है," उन्होंने मुझे एक पूरा गिलास डालते हुए समझाया।

'रुकिए, मुझे नहीं लगता कि मैं एक साथ इसे पी पाउंगा। मैं थोड़ा थोड़ा करके लेना चाहूँगा।

"ठीक है, फिर आप अपने हिसाब से ले लीजिये," उनहोने मुझे एक खाली गिलास देते हुए कहा। उन्होंने पूरा गिलास लिया और अपने बाएं हाथ से अपने नथुनों को बंद करके एक ही बार में शराब पी ली।

मैंने उस छोटी सी मात्रा में से एक घूंट पी ली जो मैंने खुद अपने लिए डाली थी। मैं इसे अपने पेट तक जलते हुए महसूस कर सकता था। "मुझे पानी की जरूरत है!" मैं हाँफने लगा। मैंने उसकी पत्नी द्वारा लाया गया गिलास जल्दी से पकड़ा और उसे पूरा एक बार में ही पी गया। जलन कुछ शांत हुई। मैंने बाकी पेय धीरे-धीरे और पानी के साथ पतला कर पी लिया।

"आप पेय खराब कर रहे हैं!" दिवाकरन सर निराश थे। उन्होंने अपने लिए एक और पूरा गिलास लिया और पहले की तरह उसे एक साथ पी लिया।

ड्रिंक के साथ के लिए बहुत सारा तला हुआ मांस और उबला हुआ साबूदाना था। मैंने अपने जीवन में कभी भी इतना स्वादिष्ट मांस नहीं चखा था। "यह जंगली सूअर है," उनकी पत्नी ने समझाया। "सर साथ में इस के बिना कुछ भी खाएंगे या पीएंगे नहीं।"

वह सही कह रही थी, सर बिना रुके मांस के टुकड़ों को मुँह में डाल रहे थे। मुझे कार्टून चरित्र ओबेलिक्स की याद आ गई, वह बहुत ही हास्य चरित्र की तरह लग रहे थे। इस तथ्य के अलावा कि उनके लंबे बाल काले थे और ओबेलिक्स की तरह लट में नहीं थे, सर अपनी उभरी हुई नाक, फूले हुए गाल और गोल पेट के साथ बिल्कुल उस हास्य चरित्र की तरह दिखाई दे रहे थे।

मेरा सिर शराब से चकरा गया। लंच खत्म होते-होते मेरा पेट फटने की कगार पर आ गया था। दिवाकरन सर को मेरी बेचैनी नजर आ रही थी। "डॉक्टर, आप लेट कर कुछ देर आराम क्यों नहीं कर लेते?" मैं और क्या चाह सकता था।

मेरी झपकी के बाद, हमने चाय पी। मैंने दूसरे पेय के प्रस्ताव को अस्वीकार कर दिया। वापस पहुँचने पर, मुझे यह जानकर राहत मिली कि हमारी अनुपस्थिति के दौरान अस्पताल में कोई आपात स्थिति नहीं आई थी। हममें से कोई भी रात का खाना नहीं खाना चाहता था, और हम जल्दी सोने चले गए।

हालाँकि हम केवल आठ घंटे के लिए गए थे और तीस किलोमीटर से कम की यात्रा की थी, फिर भी मुझे लगा कि मैं एक लंबी छुट्टी पर था।

****

20.   एक हत्यारा हमारे शयन कक्ष में!

पूरी रात भारी बारिश हो रही थी। मैं उठा और कॉफी बनाने के लिए रसोई में गया और गलियारे में पानी भरा देखकर हैरान रह गया। ऊपर से प्रकाश की एक किरण चमक रही थी। मैंने ऊपर देखा तो छत की कुछ टाइलें गायब थीं। क्या हवा उन्हें उड़ा सकती थी? लेकिन इतनी तेज़ हवा तो उस रात नहीं थी!

कॉफी के साथ बेडरूम में वापस आकर, मैंने देखा कि लकड़ी की शेल्फ खुली हुई थी और दराज भी बाहर निकली हुई थी। मैंने अंदर देखा। वहां रखा पैसा जो कि अस्पताल से पिछले दिन का कलेक्शन था, वह गायब था। उन्मत्त, मैंने कपड़े के स्टैंड पर टंगी अपनी शर्ट की जेबों की तलाशी ली, जहाँ मैं आमतौर पर अपनी व्यक्तिगत नकदी रखता था। वह भी नदारद था। मेज पर रखी मेरी कलाई घड़ी भी नहीं थी।

"हमें लूट लिया गया है!" मैंने जेसी को जगाया और बताया। वह घबरा कर उठी और उसने हर तरफ देखा। "मैं जाऊंगा और पुलिस स्टेशन में रिपोर्ट करूंगा।" मैंने अपनी बाइक स्टार्ट की और निकल पड़ा, लेकिन कुछ मीटर बाद ही बाइक रुक गई। मुझे हैरानी हुई, मैंने जाँच की और पेट्रोल टैंक को खाली पाया। मैंने इसे दो दिन पहले ही भरवाया था। लगता है चोर ने पेट्रोल भी खत्म कर दिया!

मैं बाइक को सड़क के किनारे स्टैंड पर रख सीकेएम के पास चला गया। एक दुकान थी जो कैन में पेट्रोल बेचती थी। हालांकि कीमत दस प्रतिशत अधिक थी, और इसमें मिट्टी के तेल की मिलावट भी होती थी। पर, मेरे पास इसे खरीदने के लिए एक पैसा भी नहीं था।

"क्या आपने पुलिस को सूचित किया?" सीकेएम ने पूछा।

"मैं ऐसा करने जा रहा था लेकिन बाइक बीच में ही रुक गई। लगता है चोर पेट्रोल भी लेकर चला गया है और मेरे पास पैसे नहीं हैं। आपको मुझे कुछ उधार देना होगा।

"उन्हें यहाँ से फोन कर के बुलाओ," उन्होंने मुझे तीन सौ रुपये और पेट्रोल खरीदने के लिए एक कैन देते हुए कहा।

सनी ने फोन उठाया और मैंने उन्हें सारी बात बतायी। "हम अभी वहाँ पहुंच रहे हैं। आप कुछ भी मत छूना।"

उन्होंने मुझसे विस्तृत बयान लिया। पूरे घर का निरीक्षण करने पर, उन्हें रसोई की दीवार पर एक कगार पर एक पदचिन्ह मिला। उन्होने अनुमान लगाया कि वह छत पर चढ़ गया होगा, उन टाइलों को हटा दिया, गलियारे में उतर गया और सीधे हमारे बेडरूम में चला गया! हमारे शयन कक्ष के दरवाजे की कुंडी बहुत पहले से खराब थी।

एक सप्ताह बीत गया, और जांच में कोई प्रगति नहीं हुई। हमने हमेशा रात में गलियारे के दरवाज़े की कुंडी लगाना सुनिश्चित किया। सुबह-सुबह, जेसी ने मुझे झकझोर कर जगाया। "चोर कल रात फिर आया," उसने मुझे बताया।

"क्या? कब? तुम्हें कैसे मालूम?!"

उसने बताया कि कैसे वह रात में कोई आवाज सुनकर जाग गई थी। शयनकक्ष के दरवाजे से बाहर देखते हुए, वह गलियारे की खिड़की के सामने एक आदमी की परछाई को देख सकती थी। ऐसा लग रहा था जैसे वह खिड़की की लकड़ी की चेक ग्रिल में से आरी से कुछ काटने की कोशिश कर रहा हो।

"लेकिन फिर, तुमने मुझे क्यों नहीं जगाया?"

उसने ये देखा था कि उस समय लगभग भोर हो गई थी, और चोर अंदर जाने में कामयाब नहीं हो पाया। "आपको बताती तो मुझे पता है कि आप उसका सामना करने के लिए दौड़ पड़ते। क्या होता अगर उसके पास चाकू होता?"

मैं केवल उसके असीम ज्ञान पर अचंभा कर सकता था!

हमने गलियारे का दरवाजा खोला और देखा कि छत की टाइलें फिर से हटा दी गई थीं। जहां वह खड़ा था, वहां खिड़की की रेलिंग पर एक तौलिया लटका हुआ था। हमने यह देखने के लिए इसे हटा दिया कि उसने उस क्षेत्र को तौलिया के साथ कवर करने की कोशिश की थी जहां उसने लकड़ी के माध्यम से छेद बनाने की कोशिश की थी। उसने शायद उसे अधूरा छोड़ दिया था, यह देखकर कि भोर हो रही थी।

मैं फिर थाने के लिए निकल पड़ा। और जाकर सनी को बताया कि इस बार उसने पेट्रोल की चोरी नहीं की थी।

सनी बहुत परेशान था। "हमें इस आदमी को कुछ भी कर के खोजना पड़ेगा। ऐसा लगता है कि दिन प्रतिदिन उसकी हिम्मत बढ़ती जा रही है!

मेरे माता-पिता और ससुराल दोनों जगह दहशत थी। "आपको वहां रहने पर पुनर्विचार करना होगा। यह एक खतरनाक जगह लगती है," मेरी सास ने लिखा।

मैंने रात को बिस्तर के पास लकड़ी का एक भारी डंडा रखने की आदत बना ली थी। मैंने आखिरकार अपनी सारी नकदी अपनी शर्ट की जेब में रखने की आदत छोड़ दी। सनी ने रात में आसपास के इलाकों में गश्त के लिए पुलिसकर्मियों को तैनात कर दिया था। स्थानीय समिति की आपात बैठक बुलाई गई। इस बार, वे चिंतित थे कि हम अपनी सुरक्षा के लिए यहाँ से जाने का फैसला कर सकते थे।

"यह घर सुरक्षित नहीं है," पादरी ने सदस्यों से कहा। "छत की कुछ टाइलों को हटाकर कोई भी अंदर आ सकता है।" छत के नीचे लकड़ी की जाली और एस्बेस्टस शीट के साथ झूठी छत लगाने का निर्णय लिया गया। सभी दरवाजों में उचित कुंडी लगी होनी चाहिए। "कोई भी चोर आसानी से प्रवेश नहीं कर पाएगा, और यह आपके लिए कमरों को अंदर से ठंडा भी रखेगा।" उन्होंने अस्पताल के संग्रह से हुई हानि की राशि को भी माफ करने का निर्णय लिया।

जब मैं सुबह ओपी में था तब मुझे सनी का फोन आया। "हमने आधी रात को आपके घर के आस पास घूम रहे एक आदमी को पकड़ा है। उसके साथ मारपीट करते हुए उसने भागने की कोशिश की, लेकिन हमारे पुलिसकर्मियों ने उसे पकड़ लिया। हम अभी उससे पूछताछ कर रहे हैं।"

मुझे पता था कि पुलिस कैसे सवाल करेगी। यह मौखिक से अधिक शारीरिक होगा! "मुझे आशा है कि किसी निर्दोष को नुकसान नहीं पहुँचाया जाएगा," मैंने कहा।

शाम को सनी मेरे घर आया। "यह वही है, डॉक्टर। हमने सही आदमी को पकड़ा है।"

"आप इतने सुनिश्चित कैसे हो सकते हैं?"

"उसने सब कुछ कबूल कर लिया है।" मेरी शंकित दृष्टि को देखकर उसने अपनी बात को जारी रखा। बेशक, हमारे तरीके स्कॉटलैंड यार्ड से अलग हैं। हमने उसे बुरी तरह से पीटा और उसने अपनी गलती को स्वीकार कर लिया!

"लेकिन फिर, क्या वह यातना से बचने के लिए कबूल नहीं करेगा?"

"कल, मैं आपकी सभी शंकाओं का समाधान करूँगा। मैं बाकी सारी बातों को साफ करने के लिए उसे आपके घर लाऊंगा।"

उसे दो पुलिसकर्मी हथकड़ी लगाकर लाए थे। उसके बारे में अब कुछ और जानकारी पता चली थी। वह वास्तव में एक हत्या का आरोपी था, जो जमानत पर बाहर आया था। उस पर अपनी ही मां की हत्या करने और उसे अपने घर के फर्श के नीचे दफनाने का आरोप लगाया गया था। जेसी समझदार थी कि उसने मुझे उस दिन नहीं जगाया, मैंने सोचा!

"हमें दिखाओ कि तुम घर में कैसे घुसे," एक पुलिसकर्मी ने आदेश दिया। बिना किसी हिचकिचाहट के, वह रसोई के पीछे चला गया और उस जगह को दिखाया जहां उसने छत पर चढ़ने के लिए दीवार की सीढ़ी पर कदम रखा था- ठीक वही जगह जहां हमने उसके पदचिन्ह देखे थे। जब उनसे घर के इंटीरियर का वर्णन करने के लिए कहा गया, तो उन्होंने हर चीज का सही लेआउट दिया- जिसमें वह दराज भी शामिल है, जहां से उसने पैसे लिए थे। उसने यह भी दिखाया कि उसने अपने दूसरे प्रयास में खिड़की की चेक रेल को कहाँ से काटने की कोशिश की थी। उसने प्रयास छोड़ दिया था, यह देखकर कि भोर हो रही थी।

"मैं आश्वस्त हूं," मैंने स्वीकार किया जब सनी से फोन पर बात हुई।

"हम दोनों आश्वस्त हो सकते हैं, लेकिन एक विश्वास होने के लिए, हमारे पास सबूत होना चाहिए। उसके वकील तर्क देंगे कि हमने उन्हें कबूल करने के लिए मजबूर किया है। मैं अब पठानमथिट्टा जा रहा हूं। मुझे उस दुकान का पता मिल गया है जहाँ उसने तुम्हारी चोरी की हुई घड़ी बेची है।"

शाम तक सनी ने मुझे फोन किया। "कृपया अपने ओपी के बाद पुलिस स्टेशन आएं। मैं चाहता हूं कि आप घड़ी की पहचान करें।"

मैंने पुष्टि की कि वह घड़ी मुझसे चुराई गई है।

"अब हमारे पास सबूत हैं जो हमें चाहिए उसे मुज़रिम साबित करने के लिए। उसके कबूलनामें और अन्य साक्षियों के साथ, हम निश्चित रूप से उसे पकड़ लेंगे! सनी खुश था।

****

21.   एक कार और एक बेटी

जेसी अपनी गर्भावस्था में आगे बढ़ रही थी। नियत तारीख सिर्फ दो महीने दूर थी। उसने डिलीवरी यहीं कराने के मेरे सुझाव को सिरे से नकार दिया और कहा, "अगर कुछ गलत हो जाता है, तो आप परेशान हो सकते हैं और स्थिति को संभालना मुश्किल हो जाएगा, यह आपका अपना बच्चा है।"

मैंने किसी समस्या का अनुमान नहीं लगाया था या अगर होती भी है, तो मुझे उससे निपटने का भरोसा था। लेकिन अनिच्छा से मुझे उसके फैसले से सहमत होना पड़ा। हमने तीन महीने के मातृत्व अवकाश के लिए आवेदन किया, जिसे थिरुमेनी ने तुरंत मंजूर कर लिया।

दूसरे बच्चे के आगमन के साथ, जेसी के लिए कभी-कभी बस से यात्रा करते हुए अपने माता-पिता से मिलने जाना मुश्किल होगा। मैंने फैसला किया कि हमें एक कार की जरूरत थी। मेरे

भाई ने सेकेंड हैंड एंबेसडर कार का इंतजाम किया। इसका भुगतान करने के लिए, हमने अपने पास मौजूद सभी बैंक डिपॉजिट को साफ कर दिया, लेकिन यह पर्याप्त नहीं था। मैंने अपनी बाइक बेच दी और भुगतान पूरा कर लिया। जिस दिन वे आए और मेरी बाइक ले गए, उस दिन मुझे कुछ खोने का अहसास हुआ। यह परिवार के किसी सदस्य को खोने जैसा था।

सीकेएम ने अपने एक दोस्त, सऊदी के एक पूर्व-चालक, को तिरुवल्ला से कार लाने और फिर मुझे इसे चलाने के लिए सिखाने की व्यवस्था की। मैं उसके साथ गाड़ी की डिलीवरी लेने गया था। यह एक जेट काले रंग की सुंदर मार्क3 एंबेसडर कार थी। "यह तीस हजार रुपये का सौदा है," उन्होंने कहा।

हर शाम वह मुझे ड्राइविंग सिखाने के लिए लेने आता था। सीकेएम कभी-कभी हमारे साथ होते। हम आमतौर पर सबरीमाला के लिए जाने वाली सड़क पर गाड़ी चलाते थे और अक्सर हमें रास्ते में जंगली जानवर दिखाई देते थे। एक बार जब मैंने अपने दम पर सबरीमाला की तलहटी तक ड्राइव किया, तो मुझे आत्मविश्वास महसूस हुआ। "अब आपको ट्रैफिक में गाड़ी चलाने की आदत डालनी चाहिए। मैं एक बार आपके साथ थिरुवल्ला में आपके घर जाऊंगा। उसके बाद, आपको अपने दम

पर इसे चलाने की कोशिश कीजिएगा," मेरे प्रशिक्षक ने घोषणा की।

"इसके बजाय, हम पठानमथिट्टा में आपके पुश्तैनी घर क्यों नहीं जाते?" सीकेएम ने सुझाव दिया, "मैं आपका घर देखना चाहूंगा।"

हम रविवार की दोपहर पठानमथिट्टा गए। सात साल पहले मेरे पिता द्वारा मेरी दादी को जबरदस्ती थिरुवल्ला ले जाने के बाद से वह घर खाली पड़ा था। वे तब अस्सी साल की थीं और टूटे-फूटे घर में अकेली रहती थीं। मेरे पिता ने सुझाव दिया था, "पुराने घर को तोड़ देना बेहतर हो सकता है," लेकिन मैंने इस विचार का विरोध किया था। हमने अपने सभी चचेरे भाई-बहनों के साथ वहां जो खुशनुमा छुट्टियां बिताईं, वे पुरानी यादें उस घर में थीं।

हमें कार को सड़क पर पार्क करना था और एक पहाड़ी पर घर तक चलना था। रास्ता घास-फूस से भरा हुआ था। सौभाग्य से, हमारे पास एक चाकू था जिससे हमने एक रास्ता साफ किया जिससे हम ऊपर चल सकते थे। हमने बंद घर की एक टूटी हुई खिड़की से झाँका और देखा कि ऊंची घास उग रही थी। छत से चमगादड़ लटक रहे थे।

सीकेएम ने कहा, "यदि आप इसमें काम करते हैं, तो आप इस घर को फिर से जीवंत कर सकते हैं। भविष्य में लकड़ी की छत और मिट्टी की टाइलों से ऐसा घर बनाना असंभव होगा। आपको इसका जीर्णोद्धार करना चाहिए।"

"यह मेरी इच्छा है कि मैं किसी दिन यहां बस जाऊं," मैंने जवाब दिया।

जैसे ही जेसी के माता-पिता उसे और अजु को तिरुवल्ला ले गए, मुझे अकेलापन महसूस होने लगा। मैं बेसब्री से शाम होने का इंतज़ार करता था ताकि मैं सीकेएम के घर जा सकूँ। नौकरानी मेरा रात का खाना पकाती जो मैं लौटने पर खा लेता। मुझे खाना बेस्वाद लगता। यह वही नौकरानी थी जो पहले भी व्यंजन बनाती थी। क्या ऐसा इसलिए था क्योंकि मैं इसे ठंडा खा रहा था? मैंने खाने से पहले खाना गर्म करने की कोशिश की, लेकिन वह वैसा ही था। मैंने महसूस किया कि अपनों के साथ खाने का स्वाद बेहतर होता है।

सबसे बुरा समय रात का होता था जब मैं अकेला होता था, मैं यह नहीं जानता था कि क्या करूं। जो मूवी कैसेट मैंने किराए पर लिए थे उनमें मेरी रुचि नहीं थी। मुझे कभी-कभी

एकरसता को तोड़ने के लिए अस्पताल से एक कॉल की इच्छा भी होती थी!

मैंने हर दूसरे रविवार दोपहर को तिरुवल्ला जाने की नियमित दिनचर्या बना ली, उसी दिन शाम तक वापस आ जाता था। कार की एक यात्रा में मेरे मासिक वेतन का लगभग दसवां हिस्सा खर्च हो जाता था। एक लीटर पेट्रोल में नौ किलोमीटर चलेगी कार, "एक पुरानी एंबेसडर कार के लिए बहुत अच्छा," मुझे बताया गया था। मुझे मेरी बाइक बहुत याद आती थी।

पेट्रोल बचाने के लिए मैं पैदल सीकेएम की जगह पर जाना शुरु किया, लेकिन मुझे यह विकल्प परेशानी भरा लगा। सड़क पर ज्यादातर लोग मेरे मरीज होते थे। वे सड़क पर एक विस्तृत परामर्श शुरू कर देते थे। बातचीत चल रही थी तो दूसरे मरीज भी अपनी बारी का इंतजार कर रहे होते थे।

"सड़क पर यह परामर्श उचित तरीका नहीं है। ओपी समय पर अस्पताल आएं। एक उचित जांच कर के ही मैं सही सलाह दे पाऊँगा," मैं उन बहरे कानों से बार-बार कहता पर कोई फर्क़ नहीं पड़ता था। आखिरकार मैंने चलना छोड़ दिया और कार में ही अपनी यात्रा की, और इसे सप्ताह में एक या दो बार तक सीमित कर दिया।

मरीजों के साथ-साथ मेरे स्टाफ को भी ऐसा लग रहा था कि मेरे मूड में बदलाव आ रहा है। "अब आप मेरे साथ इतने क्यों हैं, डॉक्टर? आप पहले ऐसे नहीं थे। कुंजम्मा शुरू से ही नियमित रोगी रही थीं। उनकी ये बातें सुनकर मैंने फैसला किया कि मुझे कुछ करने की जरूरत है।

मैंने त्रिवेंद्रम से लाई गई कुछ पेंटिंग सामग्री को निकाला। मैंने कुछ पेंटिंग्स करने की योजना बनाई थी लेकिन कभी इसके आसपास नहीं पहुंच पाया। वर्षों हो गए थे जब मैंने कुछ भी चित्रित किया था। मैं प्रतिशोध के साथ जी रहा था। मैं देर रात तक पेंटिंग करता था, केवल तभी रुकता था जब मुझे बहुत थकान महसूस होती थी। सुबह उठकर मैं अपने काम से निराश हो जाता। जिन रंगों को मैंने रात में बल्ब की चकाचौंध में बड़ी मुश्किल से मिलाया था और कैनवास पर लगाया था, वे दिन के उजाले में बहुत अलग और नीरस लगने लगते थे। पर मैं कायम रहा और कोशिश करता रहा।

दृश्यों के साथ बड़े कैनवस चित्रित करने के बाद, मैं अजू और जेसी के चित्रों पर गया। अकेलापन अब कोई समस्या नहीं लगती थी। वास्तव में, यह एक वरदान बन गया।

एक रात, जब मैं जेसी के चित्र को अंतिम रूप दे रहा था, चाकोचन अचानक से सुखद समाचार लेकर आया। "हमें अस्पताल में एक फोन आया, डॉक्टर। डॉ जेसी ने एक लड़की को जन्म दिया है। जन्म दोपहर के समय हुआ था, लेकिन वे अभी कॉल कर पाए थे।"

एक लड़का और एक लड़की! यह बिल्कुल सही है! मैं खुशी से झूम उठा।

अगले दिन सुबह ओपी के तुरंत बाद, मैं अपनी कार में निकल पड़ा। मैंने देखा, छोटी सी परी बहुत सक्रिय थी। 'वह बिल्कुल अपने पिता की तरह दिखती है', यह सार्वभौमिक राय थी।

जेसी ने मुझे घटनाओं के बारे में बताया। उसे सुबह दर्द के साथ भर्ती कराया गया था। दोपहर तक दर्द तेज हो गया था और उसे बच्चे के आने का आभास हुआ। उसने इधर-उधर देखा, लेकिन कोई कर्मचारी नजर नहीं आया। बगल के बिस्तर की महिला, जिसका दर्द अभी शुरू हुआ था, नर्स को बुलाने के लिए बाहर भागी। जब तक वे पहुंचे, बच्चा पहले ही बाहर निकल चुका था और पास में पलंग पर लेटा हुआ था। जेसी की योनि में भी काफी चोट आई थी।

"अगर हमारे अस्पताल में तुम्हारी डिलीवरी होती तो ऐसा कभी नहीं होता," मैंने टिप्पणी की।

"सच," वह सहमत हुई। "हमारी नर्स बहुत ईमानदार और सतर्क हैं।"

मैं दो हफ्ते बाद रविवार को जेसी, अजू और परिवार में नए सदस्य को लेने गया। अस्पताल का बिल ढाई हजार रुपये से ऊपर ही था। हम अपने अस्पताल में बहुत अधिक देखभाल के लिए इस राशि का पांचवां हिस्सा भी चार्ज नहीं करते थे! अजू अपने और जेसी के चित्रों को देखकर चकित रह गया। "जब हम दूर थे तो आपने हमारी फोटो कैसे ली?"

एक बार जब जेसी भी एक और महीने के बाद अस्पताल में काम के लिए आने लगी, तो मुझे तनाव से राहत मिली। जब हम काम पर जाते थे तो नन्ही परी नौकर नौकरानियों को बहुत तंग कर देती थी, लेकिन शाम को हमारे घर पहुँचने पर शांत हो जाती थी। मैं उसे लोरी गाते हुए घुमाता। कोरस के साथ एक गाना था 'कुकुडी, कुकूड़ा', जिसे मैं अक्सर गाता था। उसका नाम कुकु ही हो गया।

****

22.   महान थिरुमनी

मरीजों की बढ़ती संख्या के लिए हमारी सुविधाएं नाकाफी होती जा रही थीं। मुझे बुरा लगा जब किसी गंभीर बीमारी के साथ आने वाले एक नियमित मरीज को केवल बिस्तर की कमी के कारण उसे भर्ती करने के लिए पठानमथिट्टा भेजना पड़ता था। ऐसे में रेफर किए गए मरीज काफी परेशान दिखाई देते थे। "हम यहाँ नियमित रूप से आते रहे हैं, और जब हमें वास्तव में इसकी आवश्यकता है, तो आप हमें कही ओर भेज रहे हैं।

मैंने थिरुमनी को स्थिति से अवगत कराया। "हमें एक नई इमारत की आवश्यकता होगी," मैंने लिखा। "अस्पताल के बैंक में 1.5 लाख की बचत थी। अगर हम ऋण लेते हैं और निर्माण के साथ आगे बढ़ते हैं, तो हम अपनी मासिक आय से आसानी से किश्तों का भुगतान कर सकते हैं।"

थिरुमेनी सहमत थे। "एक योजना और अनुमान लगाने के लिए एक इंजीनियर क प्रबंध करें," उन्होंने लिखा। स्थानीय समिति के सदस्य भी उत्साहित थे। एक इंजीनियर को शामिल किया गया। हमने विस्तृत चर्चा की। अंत में, हमारे पास तीन मंजिला इमारत के लिए एक योजना तैयार थी जिसमें बीस और बिस्तरों के लिए पर्याप्त जगह, एक उचित लेबर रूम, एक छोटा आईसीयू और एक ऑपरेशन थियेटर था।

मुझे और अधिक जटिल मामलों और बड़ी सर्जरी के लिए प्रशिक्षण की आवश्यकता भी महसूस हुई। इसी समय हमें पता चला कि वेल्लोर मेडिकल कॉलेज द्वारा सामान्य चिकित्सकों के लिए एक नया पोस्ट-ग्रेजुएट कोर्स शुरू किया जा रहा है। यह ग्रामीण क्षेत्रों में कार्यरत डॉक्टरों के कौशल को उन्नत करने के लिए था। कोर्स की अवधि चार साल की थी। एक प्रायोजक एजेंसी होनी चाहिए जिसे डॉक्टर की सेवाओं की आवश्यकता हो और उन्हें डॉक्टर के प्रशिक्षण के दौरान उसके लिए वेतन देना चाहिए। इस प्रकार चयनित डॉक्टरों को चार साल तक सेवा देने का बांड देना होगा।

जब तक मैंने कोर्स पूरा करूंगा तब तक जेसी ने अकेले अस्पताल का प्रबंधन करने के लिए स्वेच्छा जताई, उसने कहा, "आप आवेदन जमा करें। यदि आप चुने जाते हैं, तो हम मिलकर

संभाल लेंगे। थिरुमनी को सूचित किया गया, और उन्होंने आगे बढ़ने दिया।"

मैं सातवें आसमान पर था। पूछताछ के दौरान मुझे बताया गया था कि मुझे शायद सबसे अधिक चुना जाएगा क्योंकि मैं पहले से ही एक दूरस्थ ग्रामीण क्षेत्र में काम कर रहा था। जब तक मैं अपनी पढ़ाई पूरी कर लूंगा और नए कौशल हासिल कर लूंगा, तब तक नया भवन पूरा हो जाएगा और हम उस क्षेत्र के लिए आवश्यक सभी बुनियादी सुविधाओं के साथ एक बड़ा अस्पताल स्थापित कर रहे होंगे। बेशक, यह हमारे लिए एक बड़ी चुनौती होगी, मेरे साथ चार साल तक अकेले और परिवार से दूर रहना, और जेसी को अपने दम पर अस्पताल का प्रबंधन करना होगा। लेकिन हम सभी बाधाओं को पार करने के अपने संकल्प पर अडिग थे।

उस वर्ष गर्मी विशेष रूप से कठोर थी। कुआं पूरी तरह सूख गया था। कुएं को गहरा करने के लिए, फर्श पर चट्टान को डायनामाइट से उड़ाने के लिए हमने बहुत पैसा खर्च किया, लेकिन कोई नतीजा नहीं निकला। चाकोचन के लिए सभी जरूरतों के लिए पर्याप्त पानी लाना असंभव था। पप्पिचयन के कुँएँ का जलस्तर भी नीचे चला गया था। अगर हम वहां से पानी निकालते रहेंगे तो उन्हें भी किल्लत का सामना करना पड़ेगा।

हमने अस्पताल की इमारत के सामने एक जमीनी स्तर का टैंक बनाया और नदी से पानी लाने के लिए एक पानी का टैंकर लॉरी लगाया। वहां से ओवरहेड टैंक में पानी पंप करने के लिए हमने एक छोटी मोटर खरीदी। समस्या तो दूर हो गई, लेकिन हमें प्रतिदिन दो सौ रुपए अतिरिक्त खर्च करने पड़ते थे।

यह 1989 के अप्रैल की शुरुआत में था, कि मुझे एक धमाका मिला- थिरुमनी का एक पत्र। चर्च प्रशासन को पुनर्गठित करने के हिस्से के रूप में, कोट्टायम सूबा का विभाजन किया गया और एक नया धर्मप्रदेश, रन्नी -नीलक्कल धर्मप्रदेश बनाया गया। यह एक बहुत वरिष्ठ बिशप, हिज ग्रेस जोसेफ मार ओस्थथियोस द्वारा शासित होगा। चूंकि अस्पताल उनके अधिकार क्षेत्र में आता है, इसलिए मुझे उन्हें रिपोर्ट करना था।

निलक्कल एक ज्वलंत मुद्दा था जो अस्सी के दशक की शुरुआत में शुरू हुआ था, यहां तक कि केरल में मौजूद अद्वितीय धार्मिक सद्भाव को भी खतरा था। सबरीमाला मंदिर की तलहटी में एक खेत में एक पत्थर पर क्रॉस का पता चला था। कई स्थानीय लोगों ने एक षडयंत्रकारी ईसाई पुजारी की भूमिका के बारे में बात की, जिसने चालाकी से एक पुराने पत्थर के क्रॉस को 'खोजा' और बाद में खोदा। मौके पर चर्च बनाने की मांग को लेकर आंदोलन शुरू हो गया। कई लोगों को उनकी प्रेरणा पर संदेह

था। चूंकि सबरीमाला मंदिर में पैसे की आवक बढ़ रही थी, उन्हें लगा कि मार्ग में चर्च दान का कुछ हिस्सा लेने में सक्षम होगा। हिंदू संगठनों द्वारा एक विरोध आंदोलन आयोजित किया गया था। सरकारी मध्यस्थता के साथ एक शांतिपूर्ण अंत पर सहमति बनी। निलक्कल चर्च सबरीमाला के मुख्य मार्ग से थोड़ी दूर पर बना था। दान में हमारे चर्च का भी हिस्सा था, और इस प्रकार, रन्नी-निलक्कल सूबा बनाया गया था।

मैं तबाह हो गया था, मुझे लग रहा था कि मैंने अपना गुरु खो दिया है। लेकिन शायद यह अच्छे के लिए होगा। वलिया थिरुमेनी (वलिया का अर्थ बड़ा या महान होता है, जिसे उनकी वरिष्ठ स्थिति को देखते हुए शीर्षक में जोड़ा जाता है) चर्च के बाहर भी एक प्रसिद्ध व्यक्ति थे। उन्हें सुनहरी जीभ वाले बिशप के रूप में जाना जाता था। वह एक उत्कृष्ट वक्ता थे, अपने शक्तिशाली भाषणों को बहुत ही बुद्धि और हास्य के साथ जोड़ते थे।

पम्बा नदी के तट पर, दुनिया के सबसे बड़े ईसाई सम्मेलनों में से एक, मेरामोन सम्मेलन में दिया गया उनका एक भाषण मुझे अभी भी याद है। वह जीवन में एक उचित आधार होने की आवश्यकता पर बोल रहे थे। अपने संदेश पर जोर देने के लिए उन्होंने जो रूपक दिया वह शास्त्रीय था।

'केरल घूमने आई एक विदेशी युवती की इच्छा साड़ी पहनने की थी। स्थानीय युवतियों के एक समूह ने स्वेच्छा से मदद की, लेकिन लंबे समय तक कोशिश करने के बावजूद साड़ी नहीं टिकी। अंत में, एक बूढ़ी औरत ने मूल समस्या की पहचान की। उस महिला ने अपनी कमर पर साड़ी बाँधने के लिए पेटीकोट नहीं पहना था!'

एक तरह से यह बदलाव हमारे लिए फायदेमंद हो सकता था। पदानुक्रम में कलीसिया के बहुत वरिष्ठ और उच्च होने के कारण, वह साहसिक निर्णय लेने में सक्षम हो सकते थे। और रत्री चित्तर के ज्यादा करीब होने के कारण उस तक पहुंचना भी आसान हो सकता था। फिर भी, मुझे जकारियास थिरुमेनी के समर्थन और सौम्य परोपकार की कमी खलेगी।

जल्द ही मुझे खबर मिली कि वालिया थिरुमेनी चित्तर पल्ली का दौरा करेंगे। पादरी मुझसे मिलने आए। "चर्च सेवा के बाद, हम आपके क्वार्टर में उनके लिए दोपहर के भोजन की व्यवस्था कर रहे हैं। यह सबसे सुविधाजनक स्थान है। क्या यह तुम्हें ठीक लगता है?"

"बेशक, मुझे खुशी होगी," मैंने जवाब दिया।

"वह दोपहर के भोजन के बाद आपके स्थान पर आराम करेंगे। शाम को, उनके सार्वजनिक बैठक के लिए रवाना होने से पहले, हम स्थानीय समिति की एक छोटी बैठक करेंगे। कृपया एक कमरे की व्यवस्था करें जहां वह आराम कर सके, और उसके उपयोग के लिए शौचालय को साफ रखें।"

उनके दौरे की तैयारी दो दिन पहले ही शुरू हो गई थी। पप्पिचयन को फिश करी बनाने के लिए नियुक्त किया गया था। जेसी ने स्वेच्छा से अन्य व्यंजन तैयार किए।

पादरी ने मुझे बताया कि चौदह लोग होंगे। "उनके साथ कई लोग होंगे। चर्च के महत्वपूर्ण सदस्य भी होंगे। वालिया थिरुमेनी ने दोपहर के भोजन का आनंद लिया। "फिश करी लाजवाब है!" उसने मेरी पत्नी की तारीफ की।

"लेकिन वह पप्पीचयन द्वारा तैयार किया गया था," उसने बताया। पप्पिचयन आमंत्रितों में से नहीं थे।

लंच के बाद वालिया थिरुमनी को आराम करने के लिए छोड़कर सभी चले गए। अजु अपने कमरे में गया और उनसे बात करने लगा।

"यहाँ आओ अजू," मैंने उसे बुलाया। "थिरुमनी को थोड़ा आराम करने दो।"

"उसे रहने दो, डॉक्टर," वालिया थिरुमेनी ने बीच में टोका। "मैं हमारी बातचीत का आनंद ले रहा हूं।"

चाय पर, हमने अस्पताल पर चर्चा की। "आपके पास परिधीय सेवाएं होनी चाहिए। आपको रोगी के घर जाना चाहिए और प्राथमिक देखभाल प्रदान करनी चाहिए," उन्होंने सलाह दी।

मैंने उन्हें समझाने की कोशिश की कि यहां मरीज दूर-दूर से आते हैं। "हम अस्पताल के काम से बंधे हुए हैं, जहाँ गंभीर रोगी भी आते हैं। अगर हमें घरों में जाना है और प्राथमिक देखभाल प्रदान करनी पड़ी, तो अस्पताल में काम ठप हो जाएगा।"

"हमारा जापान में एक एजेंसी के साथ टाई-अप है। मैं तुम्हें वहाँ प्रशिक्षण के लिए भेजूँगा।" वह ज्यादा बारीकियों में नहीं गए।

मैंने उन्हें वेल्लोर में पाठ्यक्रम के बारे में और एक नई इमारत बनाने की हमारी योजना के बारे में बताया। वह ज्यादा

सहमत नहीं थे। "स्थानीय समिति को निर्णय लेने दें। लेकिन आपको यहां लंबे समय तक बने रहने की योजना बनानी चाहिए।"

"एक बार जब मेरे बच्चे स्कूल जाने लायक हो गए, तो हमारे लिए यह मुश्किल हो सकता है। हमें उन्हें बोर्डिंग स्कूलों में डालना पड़ सकता है," मैंने कहा।

हमें भी एक स्कूल शुरू करना चाहिए। ऐसे में आपको कोई परेशानी नहीं होगी।" उनके विचार भव्य और अव्यवहारिक लगते थे। मैंने खुद को उनके संरक्षणवादी रवैये पर नाराजगी जताते हुए पाया।

स्थानीय समिति की बैठक संक्षिप्त थी, क्योंकि वालिया थिरुमेनी को सार्वजनिक बैठक के लिए निकलना था। हमने अस्पताल का हिसाब उन्हें दिखाया और नदी से पानी ढोने के कारण हमारे बढ़े हुए दैनिक खर्चों का उल्लेख किया।

"यह एक सरासर बर्बादी है!" जाने के लिए उठने से पहले वालिया थिरुमेनी ने घोषणा की। "आज ही वह प्रथा बंद करो। मैं एक बोरवेल खोदने के लिए एक टीम भेजूंगा।"

"लेकिन जब तक बोरवेल का काम पूरा नहीं हो जाता, तब तक हम कैसे मैनेज करेंगे?" उसके जाने के तुरंत बाद मुझे आश्चर्य हुआ।

"चाकोचेन को कुछ दिनों के लिए पड़ोसियों से पानी लाने दें, जब तक कि हम बोरवेल का काम पूरा नहीं कर लेते," सदस्यों में से एक ने कहा।

एक सप्ताह बीत गया और बोरवेल खोदने वालों का कोई पता नहीं चला। पानी की जरूरत वाली सभी गतिविधियों को रोकना पड़ा। न तो फर्श पर पोंछा लगाया गया और न ही शौचालयों की सफाई। मरीजों को पीने और धोने के लिए जरूरी पानी ही दिया जाता था। उन्होंने शिकायत करना शुरू कर दिया, और भर्ती मरीजों की संख्या में गिरावट आनी शुरु हो गई। फिर भी, पर्याप्त पानी उपलब्ध कराना मुश्किल हो गया। अगर ऐसा ही चलता रहा तो हमें अस्पताल बंद करना पड़ेगा! मैंने वालिया थिरुमेनी को पहले ही दो रिमाइंडर भेजे थे। मुझे कोई जवाब नहीं मिला। उनके दौरे के 12 दिन बाद एक टीम बोरवेल की व्यवहार्यता की जांच करने पहुंची। वे बहुत जल्दी चले गए। अस्पताल की इमारत संपत्ति के ठीक सामने थी, ट्रैक्टर को पीछे ले जाने का कोई रास्ता नहीं था, और केबल सड़क से वहाँ नहीं पहुँचती थी।

मैंने और इंतजार नहीं करने का फैसला किया। थिरुमनी के निर्देशों की प्रतीक्षा न करते हुए, हमने नदी से पानी लाने की पुरानी प्रथा को फिर से शुरू किया। हमने इसे तब तक जारी रखा जब तक कि बारिश ने जून तक कुएं में पानी भर नहीं दिया।

एक शाम डॉ. लोनप्पन और डीजी घर आए। उनका एक औपचारिक एजेंडा था।

"पुनलुर एस्टेट में हमारी कंपनी के चिकित्सा अधिकारी को बर्खास्त कर दिया गया है। हमारे प्रबंधक ने हमें आपसे नौकरी के लिए आवेदन करने के लिए कहा है," डीजी ने बताया।

"यह आपके लिए अच्छा होगा," डॉ. लोणप्पन ने कहा। पुनालुर चित्तर की तुलना में बहुत अधिक सुविधाओं के साथ बहुत बड़ी संपत्ति है। एस्टेट अस्पताल में भर्ती मरीजों के लिए छह बिस्तर हैं। शहर बहुत दूर नहीं है, और इसमें अच्छे स्कूल और अस्पताल हैं। तुम सब वहाँ अच्छे डॉक्टर के बंगले में रह सकते हो। कस्बे से स्कूल बस इस्टेट में आती है। जेसी शहर के किसी भी निजी अस्पताल में भी काम कर सकती है।"

"यह सब अच्छा लगता है," मैंने सहमति व्यक्त की। "लेकिन इस अस्पताल के बारे में क्या? क्या यह फिर से बंद नहीं हो जाएगा?"

"मुझे लगता है कि आप एक मसीहा बन ने की चाह से पीड़ित हैं, थॉमस।" डॉ. लोणप्पन स्पष्टवादी थे। "आपको इससे बाहर निकलना चाहिए।"

"मैं इसके बारे में सोचूंगा," मैंने वादा किया।

अब तीन महीने से अधिक हो गए थे जब हमने अस्पताल में अपना दूसरा वर्ष पूरा किया था, लेकिन डायोकेसन कार्यालय से हमारे वार्षिक वेतन वृद्धि या आमतौर पर प्रत्येक वर्ष दिए जाने वाले एक महीने के वेतन के अर्जित अवकाश भुगतान के बारे में कोई बात नहीं की गयी थी। मैंने इस बारे में वालिया थिरुमनी को लिखा लेकिन दो हफ्ते बाद भी कोई प्रतिक्रिया नहीं मिली।

अगली स्थानीय समिति की बैठक में, मैंने कुछ खुलकर बात की। "आप सभी जानते हैं कि हम कस्बे के अस्पतालों में काम करने वाले जूनियर डॉक्टरों के लिए जो वेतन दिया जा रहा है, उससे कम वेतन पर काम कर रहे हैं। मैंने इस तरह खुद का शोषण नहीं होने देने का फैसला किया है और यहाँ से मैंने जाने का फैसला किया है। कृपया यहाँ काम करने के लिए किसी अन्य डॉक्टर को खोजें।

मेरी घोषणा से चौंकाने वाली चुप्पी छा गई। "डॉक्टर, जल्दबाजी में निर्णय न लें। हम वालिया थिरुमेनी से संपर्क करेंगे

और अगले सप्ताह एक अनुकूल निर्णय प्राप्त करेंगे," विकार ने निवेदन किया।

अगले हफ्ते, मुझे धर्मप्रांत से एक पत्र मिला जिसमें बताया गया कि हमारे वेतन संशोधन का अध्ययन करने के लिए एक समिति का गठन किया गया है।

****

23.   बाल बाल बचे

अस्पताल में लक्ष्मी की यह दूसरी डिलीवरी थी। पहली वाली पूरी तरह से सामान्य थी और सिर्फ डेढ़ साल पहले ही की गई थी। जब वह चेक-अप के लिए आई तो मैंने उससे कहा था, "अभी दूसरे बच्चे को गर्भ धारण करना थोड़ा जल्दी है।" गर्भाशय का आकार काफी बड़ा था, लेकिन यह जुड़वाँ बच्चे नहीं लग रहे थे।

चूंकि उसकी पिछली गर्भवस्था के बाद उसे कोई मासिक धर्म नहीं आया था, इसलिए जब यह पता चला तो काफी देर हो चुकी थी। जब तक वह चेक-अप के लिए आई, तब तक सात महीने आगे बढ़ चुके थे। नियमित परीक्षणों से पता चला कि उसका रक्त शर्करा सामान्य से अधिक था। "गर्भवस्था से प्रेरित मधुमेह," मैंने उससे कहा। उसे दैनिक इंसुलिन पर शुरू किया

गया और इसे नियंत्रण में लाया गया। प्रसव सामान्य था हालांकि बच्चा 3.8 किलोग्राम का पैदा हुआ था।

मैं जाने की तैयारी कर रहा था जब मैंने देखा कि योनि से सामान्य से बहुत अधिक मात्रा में रक्त निकल रहा था। मैंने पेट पर दबाव डाला, और बड़े-बड़े लाल थक्के निकल आए और जगह-जगह छींटे पड़ गए।

मैंने गर्भाशय निरीक्षण किया। यह नरम और पिलपिला था। यह अब तक क्रिकेट की गेंद जितना सख्त हो जाना चाहिए था। "जल्दी ! मीथेर्जिन और पिटोसिन इंजेक्शन!"

जब दवाएं दी जा रही थीं, मैंने गर्भाशय को सिकोड़ने के लिए जोर से मालिश की, लेकिन वह नरम और पिलपिला बना रहा। खून ऐसे बह रहा था मानो बाल्टी से निकाल रहा हो! इंट्रा वेनौस तरल पदार्थों को इन्जेक्ट कर के और गर्भाशय को अपने हाथ में कस कर पकड़ कर मैंने कई मीटर कीटाणु रहित रुयी पट्टी को गर्भाशय में अच्छे से डाल दिया।

गनीमत थी कि परेशानी के बावजूद लक्ष्मी अब भी होश में थी। "हमें उसे जल्दी से दूसरे अस्पताल में ले जाना है!" मैंने उसके माता-पिता को बताया जो बच्चे के साथ बाहर इंतजार कर

रहे थे। "मैं अपनी कार लाता हूँ।" मुझे पता था कि दूसरे वाहन की व्यवस्था करने में उन्हें कुछ समय लगेगा।

मैंने हेडलाइट्स चालू करके अत्यधिक गति से गाड़ी चलाई। लक्ष्मी पिछली सीट पर लेटी हुई थी, मेरी सलाह के अनुसार उसके पैर अपने पिता की गोद में थे। उसकी मां बच्चे को गोद में लिए आगे वाली सीट पर बैठी थी। रैनी मिशन अस्पताल उसी चर्च संप्रदाय द्वारा चलाया जाता था जो हमारा था। उनके पास पूर्णकालिक स्त्री रोग विशेषज्ञ और ऑपरेशन थियेटर की सुविधा थी।

"प्रसवोत्तर रक्तस्राव!" मैंने जल्दी से कैजुअल्टी में लेडी डॉक्टर को बताया। "बीपी लो है।"

"टीटीटी! कैसे हो आप?"

मैंने उस डॉक्टर को मेडिकल कॉलेज में अपनी सहपाठी मीना के रूप में पहचाना। हम म्यूजिक क्लब में भी साथ थे। वह हमारे वर्ग की सर्वश्रेष्ठ गायिका थीं।

"हम बाद में बात करेंगे," मैंने कहा। "रोगी की हालत बहुत खराब है। उसका बीपी बहुत कम है!"

स्त्री रोग विशेषज्ञ को बुलाया गया। "उसे तुरंत ऑपरेशन थिएटर ले जाओ," उसने आदेश दिया और ट्रॉली के पीछे भागी। मैं कैजुअल्टी में इंतजार कर रहा था, मीना से बात कर रहा था।

उसकी शादी एक इंजीनियर से हुई थी और वे उसके साथ पास में ही रह रही थी। हमने पुराने समय की बात की। काश मैं उसे फिर से गाते हुए सुन पाता, लेकिन यह आकस्मिक वार्ड निश्चित रूप से सही जगह नहीं थी। हमने अपनी वर्तमान स्थिति के बारे में बात की। वह चित्तर में हमारे काम से प्रभावित थीं।

"मैंने कभी नहीं सोचा था कि आप चित्तर जैसी जगह पर काम कर रहे होंगे! कमाल है, कि आप वहां ऐसे मुश्किल मामलों को मैनेज कर रहे हैं." मैंने समझाया कि कैसे मुझे कई बार मरीजों द्वारा मजबूर किया जात है।

"यहाँ तुम्हारा काम कैसा है?"

"यह ठीक है, टीटी। मुझे सप्ताह में छह दिन काम करना पड़ता है, नौ से पांच। मेरे जैसे पांच जूनियर डॉक्टर हैं, इसलिए मेरी हर पांच दिन में एक बार नाइट ड्यूटी होती है। उन दिनों, मुझे दिन में आने की जरूरत नहीं होती है और मुझे अगले दिन छुट्टी मिल जाती है।

"ऐसा लगता है कि आप लोग यहाँ काफी आराम से काम कर रहे हैं। क्या आपके पास और भी अवकाश होते हैं? और क्या मैं आपसे पूछ सकता हूं कि वे आपको कितना भुगतान करते हैं?"

"निश्चित रूप से, टी.टी. आप इतने औपचारिक रूप से क्यों पूछ रहे है? मुझे तीन हजार रुपए महीना मिलते हैं। हमारे पास हर साल बारह दिन की आकस्मिक छुट्टी और बारह दिन की वार्षिक छुट्टी होती है।

मुझे जो काम करना होता था, वह उसके पाँचवे हिस्से से कम काम करते हुए भी, वह अधिक कमा रही थी! वह भी बिना किसी बड़ी जिम्मेदारी के। सभी कठिन मामलों की देखभाल के लिए विशेषज्ञ वहां मौजूद थे।

तभी अस्पताल के चिकित्सा अधीक्षक डॉ. जॉन आए। मेरी उनसे कई बार फोन पर बातचीत हुई थी, लेकिन उनसे पहली बार मिल रहा था।

"डॉक्टर, तुम यहाँ हो? मैं आपको ढूंढ रहा था। उन्होंने बताया कि उस मामले में सर्जरी करनी पड़ेगी। हमें गर्भाशय को हटाना होगा। अन्यथा हम रक्तस्राव को रोक नहीं सकते। वैसे भी, यह कोई बड़ी बात नहीं है, अब जबकि उसके पहले से ही दो बच्चे हैं।"

"मैं यहाँ मीना से बात कर रहा था। हम सहपाठी थे। हम अपनी यादें ताजा कर रहे थे।" मैंने उनकी बात सुन ने के बाद उन्हें बताया।

"ओह!,आपके पास बात करने के लिए बहुत कुछ हो सकता है!" उन्होंने मेरे पैरों की ओर देखा। "डॉक्टर, आपके पतलून और पैर सब खून से लथपथ हैं! मेरा निवास बगल में ही है। मेरे साथ आओ और अपने कपड़े साफ कर लो।

जितना हो सके खून को धोने के बाद, मैं बैठ गया और उसने जो चाय दी, उसे स्वीकार कर लिया। "अस्पताल कैसा चल रहा है?" मैंने एक चिकित्सा अधीक्षक के रूप में दूसरे से पूछा, भले ही मेरा उनकी तुलना में एक छोटा सेटअप था।

"हम अभी ठीक हैं। मरीज आ रहे हैं, लेकिन सारी तनख्वाह और अन्य खर्च चुकाने के बाद भी हम लागत तक भी नहीं पहुंच पा रहे हैं। चर्च हमें कमी के लिए सब्सिडी देता है।"

"लेकिन ऐसा लगता है कि आप एक अच्छा वेतन दे रहे हैं, जो मैंने डॉ. मीना से जाना है।"

"हम केवल न्यूनतम भुगतान कर रहे हैं। कौन सा डॉक्टर आएगा और कम में काम करेगा?"

"आपको पता है कि मैं वहाँ क्या काम कर रहा हूँ। हम 24/7 ड्यूटी पर होते हैं। क्या आप जानते हैं कि मेरा वेतन इससे कम है, हालांकि अस्पताल सरप्लस बना रहा है?"

डॉ. जॉन ने सीधे मेरी आँखों में देखा। "डॉक्टर, आपको यह समझना चाहिए कि चर्च को उन लोगों का शोषण करने में कोई दिक्कत नहीं है जो खुद को शोषित होने देते हैं।"

हम अस्पताल लौट आए। "सर्जरी खत्म हो गई थी, और वह ठीक थी," स्त्री रोग विशेषज्ञ ने हमें सूचित किया। मेरी ओर मुड़कर उसने कहा। "ऐसा लगता है कि आपके पास सबसे अच्छे रोगी हैं! इस तरह के संकट में आपको शायद ही कोई मरीज मिलेगा, इतना शांत और सहयोगी! क्या आप उसे देखना चाहेंगे?"

मुझे ऑपरेशन के बाद के कमरे में ले जाया गया। लक्ष्मी बेहोशी की दवा से उनींदा थी, लेकिन उसने एक फीकी मुस्कान दी। "मैं ठीक हूँ, डॉक्टर। बहुत-बहुत धन्यवाद।"

घर वापस आकर, मैंने अपनी कार की पिछली सीट पर खून के सूखे धब्बे देखे। मैं चाकोचन को मदद के लिए बुलाकर बाद में यह साफ करवा लूंगा।

शाम के ओपी में, मुझे दो आश्चर्यजनक आगंतुक मिले-सैली और जॉनीकुट्टी! दोनों खुश और संतुष्ट और कुछ हद तक परिपक्व दिख रहे थे। खुशामद के बाद जॉनीकुट्टी ने मुझे अपने आने का असली मकसद बताया।

"सैली के मासिक धर्म नहीं हुए हैं डाक्टर, एक हफ्ता हो गया है। क्या वह गर्भवती है?"

गर्भावस्था परीक्षण सकारात्मक था। दोनों उत्साहित लग रहे थे। मैंने अन्य नियमित जांच के आदेश दिए और उन्हें नियमित फॉलो-अप के लिए आने के निर्देश के साथ भेजा।

****

24.   बिशप का महल

प्रॉस्पेक्टस और आवेदन फॉर्म वेल्लोर से आ गये थे। मैंने फॉर्म सावधानी से भरा। अंतिम कॉलम प्रायोजक एजेंसी के लिए था। पाठ्यक्रम की अवधि के दौरान छात्र के लिए वेतन का भुगतान करने के लिए सहमत जिम्मेदार व्यक्ति द्वारा इस पर हस्ताक्षर किया जाना था। नए भवन का प्रस्ताव भी विचाराधीन था। मैंने वालिया थिरुमनी से उनके ऑफिस जाकर मिलने का फैसला किया। विक्टर एक नियुक्ति को ठीक करने और मेरे साथ रत्नी के पास जाने के लिए तैयार हो गया।

शनिवार को सुबह 11 बजे बैठक होनी थी। हम पांच मिनट पहले पहुंचे। बिशप का महल शहर से दूर एक विशाल परिसर में था। जोर शोर से काम चल रहा था। इमारत को नए फर्श और नए रंग से पुनर्निर्मित किया जा रहा था, और एक विस्तार के रूप में एक नया ब्लॉक बनाया जा रहा था। इसमें नया

स्वागत क्षेत्र, बिशप का कार्यालय और उनका निवास होगा। पुराने भवन को कार्यालय परिसर में परिवर्तित किया जाना था। परिसर संगमरमर और ग्रेनाइट के बड़े-बड़े स्लैबों से अटा पड़ा था, और काम पर लगे मजदूरों से खचाखच भरा हुआ था।

"आपको कुछ समय के लिए प्रतीक्षा करनी होगी। वालिया थिरुमेनी इंग्लैंड के चर्च के कुछ प्रतिनिधियों के साथ चर्चा कर रहे हैं," उनके निजी सहायक ने हमें सूचित किया। हम वेटिंग रूम में बैठ गए। मुझे पढ़ने के लिए एक किताब लानी चाहिए थी। हमें अंदर से जोर की हंसी सुनाई दे रही थी। थिरुमेनी शायद अपनी चतुराई से ही उन से बात कर रहे होंगे, मैंने सोचा। अंत में, हमें सवा बारह बजे प्रवेश कराया गया। वलिया थिरुमनी से विदा लेने वाला युवा, विदेशी जोड़ा अभी भी मुस्कुरा रहा था, प्रसन्नता से भरा हुआ था।

"वलिया थिरुमनी के लिए जल्द ही दोपहर का भोजन करने का समय हो गया है। कृपया अपनी मीटिंग को छोटा रखें," सहायक ने हमें चेतावनी दी।

वालिया थिरुमेनी ने हमारा स्वागत किया। "तो चित्तर में क्या खबर है?" उन्होने पूछा। कमरा सौंदर्यपूर्ण रूप से सुसज्जित

था। एक कोने पर एक बड़ा पारंपरिक मसाला पीसने का पत्थर रखा था।

'यह यहाँ क्यों है?" विकर ने हैरान होकर पूछा। "हम इसे रसोई में रखते हैं।"

"उसी कारण से जिस से वहां उसे रखा गया है," वालिया थिरुमेनी मुस्कराते हुए, विपरीत कोने में रखे एक बड़े लकड़ी के हाथी की ओर इशारा करते हुए। "केवल चित्तर जैसे क्षेत्रों में, आपके पास रसोई में ऐसी चीज़ें होती हैं। दूसरी जगहों पर लोग इलेक्ट्रिक मिक्सी और ग्राइंडर का इस्तेमाल करते हैं और ये सजावट के काम आती हैं।"

पत्थरों से पीसने और मिक्सी के बारे में जिस तरह से चर्चा चल रही थी, उससे मुझे बहुत खुशी नहीं हुई, खासकर जब हमें समय की कमी के बारे में चेतावनी दी गई थी। मैं सीधे मुद्दे पर आया।

"हमने एक नई इमारत के लिए एक योजना तैयार की है। हम वर्तमान व्यवस्था के साथ अब सभी रोगियों की जरूरतो को पूरा करने में सक्षम नहीं हैं। योजना और अनुमान आपको पहले ही भेज दिया गया है। इसे पूरा करने के लिए हमें कर्ज लेना होगा और चर्च को गारंटर के रूप में खड़े होने की जरूरत होगी।

"हम इतनी बड़ी राशि का भुगतान कैसे कर सकते हैं?" वालिया थिरुमेनी को संदेह हुआ।

"अस्पताल में वर्तमान आय ही लगभग दस हजार रुपये की मासिक किस्त का भुगतान करने के लिए पर्याप्त है। हम एक दो या तीन साल में काम पूरा कर सकते हैं। इस बीच, यदि आप मेरे प्रशिक्षण को प्रायोजित करते हैं, तो मैं कोर्स पूरा कर सकता हूं और बेहतर कौशल के साथ काम पर वापस आ सकता हूं। हम सर्जरी शुरू करने और गहन देखभाल की आवश्यकता वाले रोगियों का प्रबंधन करने में सक्षम होंगे। आय में वृद्धि होगी।"

"लेकिन हम यह कैसे सुनिश्चित कर सकते हैं कि जब तक यह ऋण चुकाया नहीं जाता तब तक आप यहां रहेंगे और काम करेंगे?"

"थिरुमेनी देखें," मैंने थोड़ा गम्भीरता से समझाना शुरू किया। "शहरी केंद्रों में बेहतर विकल्पों के बावजूद, हम बिना किसी दायित्व के दो साल से अधिक समय से वहां काम कर रहे हैं। आप हमारी प्रतिबद्धता पर संदेह क्यों कर रहे हैं? इसके अलावा, कोर्स में शामिल होने की शर्त यह है कि मुझे चार साल के लिए बांड भरना होगा।

"लेकिन ऋण चुकाने के लिए चार साल पर्याप्त नहीं हैं।" वालिया थिरुमनी को मनाना मुश्किल लग रहा था।

"देखिए थिरुमनी, अब हम बिना किसी बंधन के भी काम कर रहे हैं। हमारा लक्ष्य इस अस्पताल का निर्माण करना और उस क्षेत्र में चिकित्सा सुविधाओं की कमी को दूर करना है। दरअसल, हम अपना पूरा जीवन वहीं बिताने की योजना बना रहे हैं।"

"चर्च के लिए इतना बड़ा वित्तीय बोझ उठाना मुश्किल है। वैसे भी, मैं अपने दम पर कोई फैसला नहीं करना चाहता। मैं इन विचारों को अगले डायोकेसन काउंसिल में पेश करूंगा। हम वहां फैसला करेंगे।"

"लेकिन पाठ्यक्रम के लिए आवेदन दो सप्ताह के भीतर वेल्लोर पहुंचना है।" मैं एक पल के लिए रुका और मेरे दिमाग में चल रहे सवाल को उठाया। "यह चर्च के लिए एक बड़ा बोझ कैसे हो सकता है? जो पैसा उधार लेना है, वह उस राशि के आस-पास भी नहीं आएगा जो आप अब यहां बिशप के महल के निर्माण के लिए खर्च कर रहे हैं।"

वालिया थिरुमेनी ने मुझे पैनी निगाह से देखा। धर्माध्यक्षों को इस तरह पलटवार की आदत नहीं है। यहां तक कि विकर भी हैरान लग रहा था।

थिरुमनी के सचिव आए। "यह वलिया थिरुमनी के लिए लंच ब्रेक का समय है। मुझे आशा है कि आपकी चर्चा समाप्त हो गयी है।"

वह शायद हमारी चर्चा सुन रहा होगा और जिस दिशा में जा रही थी, उससे खुश नहीं था!

हम जल्दी चले गए। "मैं आपके सुझावों पर गौर करूंगा," थिरुमनी ने वादा किया था।

वेल्लोर में आवेदन जमा करने से ठीक दो दिन पहले वालिया थिरुमनी का पत्र आया। मैंने इसे उत्सुकता से खोला।

"प्रिय डॉ. थॉमस और डॉ. जेसी,

हमारे प्रभु यीशु मसीह के नाम से आपको नमस्कार।

डायोकेसिन काउंसिल बुलाई गई थी और आपके द्वारा प्रस्तुत प्रस्तावों पर विस्तार से चर्चा की गई थी। यह महसूस किया

गया कि अस्पताल के लिए एक नए भवन का निर्माण बाद में शुरू किया जा सकता है, जब अस्पताल के पास परियोजना के कम से कम पचास प्रतिशत के बराबर की पूंजी हो। चर्च शेष राशि के लिए गारंटी दे सकता है, जिसके लिए ऋण लिया जा सकता है।

वेल्लोर में पाठ्यक्रम के संबंध में, हमें आपको पाठ्यक्रम में शामिल होने की अनुमति देकर खुशी हो रही है, जिसके लिए हमें आपको प्रायोजित करने में खुशी होगी। आपको चार साल की छुट्टी दी जाएगी, जिसके बाद आपको फिर से ड्यूटी ज्वाइन करनी होगी। डॉ जेसी को आपकी अनुपस्थिति के दौरान चिकित्सा अधीक्षक के रूप में अस्पताल का प्रबंधन करना होगा। इस अवधि के दौरान अतिरिक्त कार्य के लिए उनके वेतन में दस प्रतिशत की वृद्धि की जाएगी। आप दोनों को उपरोक्त शर्तों से सहमत होते हुए लिखित में एक पत्र देना होगा।

जैसा कि किसी भी छात्र के वेतन को वहन करने की चर्च की कोई प्रधानता नहीं है, आपको अपनी शिक्षा का खर्च खुद वहन करना होगा।

आशा है कि यह पत्र आपको शारीरिक, मानसिक और आध्यात्मिक स्वास्थ्य के सर्वोत्तम स्तर पर पायेगा।"

ईश्वर के नाम पर, तुम्हारा,

हस्ताक्षर

डॉ जोसेफ मार ओस्थैथियोस

प्रभारी, बिशप महानगर,

रन्नी-नीलक्कल धर्मप्रांत।

मैंने जेसी को पत्र सौंप दिया। पत्र पढ़ते ही उसका चेहरा उतर गया। "सिर्फ अपनी तनख्वाह से हम यहाँ और तुम्हारी पढ़ाई का खर्चा कैसे उठा सकते हैं?"

"बेशक यह असंभव है!" मैंने उससे पत्र वापस लेते हुए कहा और इसे फिर से पढ़ना शुरू कर दिया। "और अगर हमें नए भवन के लिए आधा पैसा जमा करना है, तो इसमें कम से कम चार साल लगेंगे, तब तक लागत वर्तमान अनुमान से दोगुनी हो सकती है। अगर उन्हें अस्पताल को बेहतर बनाने में दिलचस्पी नहीं है, तो हमें क्यों परेशान होना चाहिए?" मैंने खारिज करते हुए जवाब दिया। लेकिन मैं अंदर ही अंदर उबल रहा था। उसे लगता है कि हम यहां अपनी जरूरत के लिए काम कर रहे थे, और हमें कहीं और नौकरी नहीं मिल रही है! मैंने चिट्ठी को तोड़-मरोड़ कर कूड़ेदान में फेंक दिया।

****

25. एक और नाजायज जन्म

भोर होने ही वाली थी कि सिस्टर मरियम्मा स्वयं दौड़ती हुई मेरे घर आई। "डाक्टर साहब! जल्दी आइए! एक लड़की ने हमारे बाथरूम में बच्चे को जन्म दिया है!"

"कौन सी लड़की? कौन सा बाथरूम? मैं उसके पीछे भागा, अपनी लुंगी और टी-शर्ट बदलने की भी जहमत नहीं उठाई।

"हम नहीं जानते, डॉक्टर, हममें से किसी ने भी इस लड़की को पहले नहीं देखा है। वह किसी सवाल का जवाब नहीं दे रही हैं। उसने जनरल वार्ड से जुड़े कॉमन बाथरूम में बच्चे को जन्म दिया है। सिस्टर मरियम्मा मुझसे ज्यादा हांफ रही थी।

जब हम वहाँ पहुंचे तो लड़की बाथरूम के फर्श पर अपनी साड़ी ऊपर करके बैठी थी। बच्चा उसके बगल में, फर्श पर लेटा हुआ था, गर्भनाल उन्हें जोडे हुई थी।

"डिलीवरी सेट लाओ!" मैंने चिल्लाकर बच्ची को गोद में उठा लिया। मैंने गर्भनाल पर आस पास दो क्लिप लगायी और उनके बीच से काट दिया। मैंने बच्चे को सिस्टर को सौंप दिया। "इसे साफ करो और इसे गर्म कपड़ों से ढक दो, फिर इस लड़की को लेबर रूम में ले कर जाने में मदद करो।"

वार्ड के एक मरीज ने कुछ साफ कपड़े दान किए, जिसमें बच्चे को अच्छी तरह लपेटा गया था। एक त्वरित जांच से पता चला कि बच्चे के साथ कोई समस्या नहीं है। मैंने धीरे से गर्भनाल को खींचने और गर्भनाल को बाहर निकालने की कोशिश की। यह हिल नहीं रहा था। मैंने अपना पूरा हाथ गर्भाशय में डालने की कोशिश की और इसे हटाने की कोशिश की, लेकिन गर्भाशय ग्रीवा- गर्भाशय का आउटलेट- पहले से ही कसकर बंद था। गर्भनाल पर जोर से खींचने से पूरा गर्भाशय उलटा होकर बाहर आ सकता था। यह एक आपदा होगी!

मुझे पता था कि मुझे उसे एक अस्पताल में ले जाना होगा जहां बेहोशी की दवा देने के बाद गर्भाशय ग्रीवा को फैलाने के

बाद प्लेसेंटा को हटाया जा सकता है। "उसने कब जन्म दिया? गर्भाशय पहले से ही बंद लगता है।"

"हमें कुछ पता नहीं है, डॉक्टर। हमें तब पता चला जब वार्ड के कुछ मरीजों ने एक बच्चे के रोने की आवाज से नींद से जगाया तो हमें सतर्क किया।"

लड़की वहीं पड़ी रही। वह किसी भी चीज को लेकर बेफिक्र नजर आ रही थी। "अब बेवकूफ बनाना बंद करो और मुझे जवाब दो! तुम कौन हो? तुमने इस बच्चे को जन्म कब दिया? मैं उस पर चिल्लाया। वह बस वापस मुस्कुरा दी। क्या वह पागल है? "उस पर नजर रखो, और उसके बच्चे को स्तनपान कराओ, मैंने नर्स से कहा। "मैं वापस आऊंगा।"

घर की ओर भागते हुए और कपडे बदलने के बाद, मैं अपनी बाइक पर सवार हुआ और पुलिस स्टेशन चला गया। मैं सनी से उनके क्वार्टर में मिला और उन्हें स्थिति से अवगत कराया।

"ठीक है, आप अस्पताल वापस जा सकते हैं, डॉक्टर। हम जल्द ही वहां पहुंचेंगे। मैं ASI (सहायक उप निरीक्षक) को भेजता हूँ।

जब तक मैं वापस आया, नर्सों ने उससे कुछ जानकारी निकाली थी। उसका नाम अश्वथी था। वह मानसिक रूप से विक्षिप्त या असामान्य लग रही थी। वह इधर-उधर घूमती थी और कई पुरुषों के साथ सो चुकी थी, इसलिए बच्चे के पिता का अंदाजा किसी को नहीं था। उसके माता-पिता आठ किलोमीटर दूर जंगल के किनारे रह रहे थे। उन्होंने कुछ साल पहले उसे अपने घर से निकाल दिया था और उसके बाद से उससे कोई संपर्क नहीं था।

पुलिस जीप चालक व एएसआई समेत तीन पुलिसकर्मियों को लेकर पहुंची। मुझे उन्हें देखकर सुकून मिला। "हमें उसे जल्दी से पठानमथिट्टा के सरकारी अस्पताल में उसे ले जाना है। प्लेसेंटा अभी भी अंदर है, उसे किसी भी समय जटिलताएं हो सकती हैं," मैंने कहा।

एएसआई ने स्वेच्छा से कहा, "हम उसे जीप में ले जाएंगे। लेकिन विवरण के बारे में उन्हें सूचित करने के लिए आपको भी हमारे साथ आना होगा।"

"लेकिन सर, अस्पताल बिना अटेंडेंट के मरीज को स्वीकार नहीं करेगा। वे डॉक्टर या हम में से किसी को उसके साथ रहने के लिए कह सकते हैं," दूसरे पुलिसकर्मी ने कहा।

एएसआई ने एक पल के लिए सोचा। "उस लड़की और उसके बच्चे को जीप में बिठाओ। हम पहले उसके माता-पिता के घर जाएंगे।

पुलिस को अपनी झोपड़ी पर आते देख माता-पिता चकित रह गए। पिता अपनी गाय दुहने में व्यस्त थे।

"हम आपके साथ नहीं आ सकते। और हमारी ऐसी कोई बेटी नहीं है! वह आदमी अधीरता से ऊपर देखने लगा।

"आप बेहतर तरीके से जानते हैं कि आप क्या कह रहे हैं!" एएसआई की आवाज धमकी भरी थी। "नहीं तो, अगर उसे कुछ हुआ, तो हम तुम्हारे खिलाफ मामला दर्ज करेंगे और तुम्हें जेल जाना पड़ेगा।" गरीब दंपति के पास कोई विकल्प नहीं था। पति ने जल्दी से दूध निकालना बंद कर दिया और उसकी देखभाल पड़ोसियों को सौंप दी, जबकि उसकी पत्नी ने कुछ सामान पैक किया, और दोनों नम्रता से जीप में सवार हो गए।

दुर्घटना में ड्यूटी पर मौजूद डॉक्टर फोरेंसिक सर्जन था। "यह स्पष्ट रूप से एक मेडिको-लीगल मामला है," उन्होंने कहा। "हमें आपका बयान दर्ज करने की आवश्यकता है।"

"ड्यूटी पर स्त्री रोग विशेषज्ञ को महिला को दिखाओ," उसने नर्स को आदेश दिया, और मेरे विस्तृत बयान को लिखने लगा। तभी नर्स ने आकर उनसे कहा।

"सर, स्त्री रोग विशेषज्ञ एनेस्थीसिया के तहत प्लेसेंटा हटाने के लिए रोगी को तुरंत लेना चाहती हैं। वह चाहती है कि खून की बोतल का इंतजाम किया जाए। उसका ग्रुप ए पॉजिटिव है।"

"उसके माता-पिता के रक्त समूह की जाँच करें। उनमें से एक मैच हो सकता है।"

"हमने पहले ही उनकी जाँच कर ली है, सर। वे मेल नहीं खाते। एक ओ पॉजिटिव और दूसरा बी पॉजिटिव।"

हताश डॉक्टर और मैंने अर्थपूर्ण नज़रों से एक-दूसरे को देखा और देखकर मुस्कुराए। तो यह संभावना थी की वह लड़की स्वयं एक नाजायज बच्ची थी! मौजूद अन्य लोगों में से कोई भी यह नहीं समझ सका कि हमारे बीच क्या बात हुई थी।

"मैं ए पॉजिटिव हूँ। मैं दान कर सकता हूं," मैंने हिम्मत की।

"लेकिन तुम थके हुए लग रहे हो। उन्हें किसी और को खोजने दो।"

"लेकिन और कौन? माता-पिता ओ पॉजिटिव और बी पॉजिटिव हैं।" हमने एक बार फिर एक मुस्कराहट का आदान-प्रदान किया। "उनके साथ कोई और नहीं है। ठीक है। मैं अपने छात्र दिनों के दौरान एक नियमित दाता था।"

मुझे खून की निकासी के लिए क्यूबिसिल में ले जाया गया। मैं लेट गया, मेरे हाथ में सुई चुभो दी गई और खून संग्रह की बोतल में बहने लगा। कुछ समय बाद, मुझे कुछ हल्का-हल्का महसूस हुआ, और फिर मुझे बहुत पसीना आने लगा। घबराकर नर्स डॉक्टर को बुलाने के लिए दौड़ी।

"रक्तस्राव बंद करो और एक ।V द्रव शुरू करो," उन्होंने मेरे बीपी की जाँच करते हुए आदेश दिया। "आपका बीपी बहुत कम है। मुझे लगा था कि तुमने कहा था कि तुम एक नियमित दाता थे?"

"बात बस इतनी है कि आज मैंने कुछ खाया नहीं है," मैंने जवाब दिया। मुझे याद आया कि खाना तो दूर, मैंने अपनी नियमित सुबह की कॉफी भी नहीं पी है!

"तुमने मुझे पहले क्यों नहीं बताया? मैंने तुम्हारा खून नहीं लिया होता! वह बोतल का निरीक्षण करने के लिए नीचे झुका। "हमारे पास 300 मिली है। अभी के लिए इतना ही काफी है। उन्हें ऑपरेशन शुरू करने दीजिए। अगर और जरूरत पड़ी तो हम ओ पॉजिटिव पैरेंट से ट्रांसफ्यूज करेंगे। और आईवी फ्लूइड समाप्त होने के बाद इन डॉक्टर को मेरे विश्राम कक्ष में ले जाएं। वह वहीं लेटकर विश्राम करे।" उन्होने नर्स को कहा।

मैं बहुत देर बाद, डॉक्टर के कमरे में आने की आहट सुनकर उठा। "मैं हम दोनों के लिए लंच लाया हूँ। हम इसे यहाँ एक साथ खाएंगे।" उसने दो पैकेट टेबल पर रख दिए। "सर्जरी खत्म हो गई है और लड़की ठीक है।"

हमने दोपहर के भोजन के दौरान अपने काम के विभिन्न क्षेत्रों के बारे में बात की। "फोरेंसिक सर्जन होने के नाते, मैं वास्तव में अकस्मात ड्यूटी करने के लिए बाध्य नहीं हूँ। लेकिन मुझे यह मृत शरीरों को काटने और अंदर सुराग खोजने के अपने नियमित काम से एक योग्य ब्रेक मिल जाता है," उन्होंने कहा, जाने के लिए उठे।

"मैं आकस्मिक वार्ड के काम में व्यस्त हो सकता हूं। आपको कुछ और आराम करने के बाद ही जाना चाहिए। वैसे भी

चित्तर के लिए अगली बस पांच बजे है। पुलिसकर्मी जीप लेकर काफी पहले निकल गए हैं। मैंने उन्हें आपके अस्पताल में सूचित करने के लिए कहा है कि आप ठीक हैं।” ऐसा कहकर वह दरवाजे पर रुक गया। “आप जो काम कर रहे हैं, उसके लिए मैं आपकी सराहना करता हूं, लेकिन मुझे लगता है कि आपको अपना भी अधिक ध्यान रखना चाहिए।”

जब तक मैं घर पहुँचा तब तक अंधेरा हो चुका था। मैंने जेसी को सभी घटनाओं से अवगत कराया, रात का भोजन किया और बिस्तर पर आ गया। नींद अभी पर्याप्त नहीं लग रही थी।

****

26.   इस्तीफा

विकर ने ओपी में मुझसे संपर्क किया। "डॉक्टर, वेतन पुनरीक्षण समिति ने आखिरकार बैठक की और आपके वेतन पर निर्णय लिया। उन्होंने वार्षिक अवकाश के बकाये का भुगतान करने का भी निर्णय लिया है।" मुझे आश्चर्य हुआ कि वह इतना क्षमाप्रार्थी और रक्षात्मक क्यों दिख रहा था। वह एक पल के लिए रुका। "आप दोनों के वेतन में सौ-सौ रुपये की वृद्धि करने का निर्णय लिया गया था।"

मैं चौंक गया। पिछली बार, जकरियास थिरुमेनी ने दस प्रतिशत की वृद्धि दी थी- यह प्रत्येक दो सौ रुपये थी, और यह बिल्कुल समय पर दी गई थी, वार्षिक अवकाश समर्पण के साथ। कमेटी के फैसले का आधार मैं नहीं समझ पाया, वह भी इतने लंबे समय के बाद आने वाला। मुझे अपमानित महसूस हुआ। मैंने तब और वहीं अपना मन बना लिया। "कृपया स्थानीय समिति की

बैठक को तत्काल सूचित करें। मुझे कुछ महत्वपूर्ण घोषणाएं करनी हैं। इस बीच, मैं अब अपने एरियर का दावा नहीं कर रहा हूं। मैं समिति में सब कुछ बता दूंगा।"

मैंने इस्तीफा देने और दूसरी नौकरी की तलाश करने का फैसला किया था। क्या मेरे पिता सोचेंगे कि मैंने उन्हें विफल कर दिया है? वैसे भी, औपचारिक घोषणा से पहले, मुझे उनसे मिलना चाहिए और उन्हें समझाना चाहिए।

मैं उनसे मिलने बस से तिरुवल्ला गया। पेट्रोल के दाम बढ़ गए थे और हमारी आमदनी लगभग खत्म हो गई थी। उन्होंने अपनी आरामकुर्सी पर लेटे हुए घटनाक्रम के बारे में मेरी कहानी को धैर्यपूर्वक सुना। वह अनंत काल के लिए सोच में डूबे हुए थे।

"ऐसा लगता है कि वे अस्पताल के विकास में कम से कम रुचि रखते हैं। कम से कम उन्हें तुम्हारे प्रयासों की सराहना करनी चाहिए थी और तुम्हें किसी भी कीमत पर बनाए रखने की कोशिश करनी चाहिए थी। अगर उन्हें परवाह नहीं है, तो तुमको क्यों होना चाहिए?" वह उठे और खाने की मेज पर चले गए। "आओ, खाना तैयार है। जाने से पहले तुम एक छोटी सी झपकी ले सकोगे।"

मैं गहरी नींद में था जब उन्होंने मुझे चार बजे जगाया। "तुम्हारे जाने का समय हो गया है। जैसी वहां बच्चों और अस्पताल

के साथ संघर्ष कर रही होगी।" मैं उस गहरी नींद के बाद तरोताजा और ऊर्जावान महसूस कर रहा था जिसे मैं भूल चुका था कि यह संभव था। ऐसा लगता था कि मेरे दिमाग में चल रहे सारे विवाद गायब हो गए हैं।

बैठक में नियमित चर्चा के बाद मैंने इस्तीफा देने के अपने फैसले की घोषणा की। "मैं अपना बकाया भी स्वीकार नहीं कर रहा हूँ। मैं इसे अस्पताल के कोष में दान कर रहा हूं। मैं तीन महीने का नोटिस दे रहा हूं, तब तक आपको कोई दूसरा व्यक्ति ढूंढ लीजिये।"

सभी सदस्यों ने विरोध करने की कोशिश की, लेकिन मैं डटा रहा। "मैंने अभी तक अपनी भविष्य की योजनाओं पर फैसला नहीं किया है। मैं एक नयी नौकरी खोजने के बाद ही जाने की कोशिश करूंगा," मैंने उन्हें आश्वासन दिया। मैंने यह सुनिश्चित किया कि बैठक के कार्यवृत्त में मेरे इस्तीफे की सूचना ठीक से दर्ज की गई थी।

मैंने एक अखबार के जॉब वांटेड कॉलम में एक विज्ञापन डाला। मैंने वृक्षारोपण कंपनी एवीटी को भी एक आवेदन पत्र भेजा। मेरे विज्ञापन पर कई प्रतिक्रियाएं आईं- कुछ मुझसे मिलने के लिए दूर से भी यात्रा कर के मिलने आ रहे थे। पेश किया गया

वेतन हमारे वर्तमान वेतन से लगभग दोगुना था, लेकिन वे सभी चाहते थे कि हम कम से कम एक महीने के भीतर ज्वाइन कर लें। मुझे इतनी जल्दी विज्ञापन डालने की अपनी मूर्खता का एहसास हो गया। मुझे यह कहते हुए सभी प्रस्तावों को अस्वीकार करना पड़ा कि मुझे जाने से पहले यहां एक प्रतिस्थापन के लिए इंतजार करना होगा।

एक और महीना बीत गया और कोई प्रतिस्थापन दृष्टि में नहीं था। इस बीच, मुझे एवीटी से एक पत्र मिला, जिसमें मुझे कोच्चि में एक साक्षात्कार के लिए आमंत्रित किया गया था। मेरे निवास स्थान से टैक्सी का किराया कंपनी द्वारा वहन किया जाएगा। अच्छा लगा! यहां तक कि अगर मेरा चयन नहीं होता है, तो मुझे कोच्चि जाने और वापस आने की मुफ्त सवारी होगी। और चूँकि मैं अपनी कार में जा रहा हूँ, मैं सौदेबाजी में एक छोटा सा लाभ भी कमाऊँगा!

डॉ. लोनाप्पन ने मुझे साक्षात्कार के लिए गहन कोचिंग दी। मेरी चप्पलों को उन्होंने सिरे से नकार दिया। मैं अपने लिए एक जोड़ी जूते खरीदने गया।

साक्षात्कार कंपनी के कॉर्पोरेट कार्यालय में स्वयं महाप्रबंधक द्वारा आयोजित किया गया था। वह खुशमिजाज था,

लेकिन साथ ही बहुत पेशेवर भी था। साक्षात्कार अच्छी तरह से हो गया था। डॉ. लोणप्पन ने मुझे कंपनी की अच्छी पृष्ठभूमि दी थी और एक चिकित्सा अधिकारी से उनकी क्या अपेक्षाएँ होंगी। "हमारे पास केवल एक चिकित्सा अधिकारी के लिए रिक्ति है। चूंकि आपकी पत्नी भी एक योग्य डॉक्टर है, तो वह क्या करेगी?" जीएम ने मुझसे पूछा।

"हम पुनालुर के एक निजी अस्पताल में उसके लिए रोजगार ढूंढ सकते हैं, सर," मैंने जवाब दिया।

"क्या वह मदद कर पाएगी अगर कुछ महिला कर्मचारी या प्रबंधक की पत्नी एक महिला डॉक्टर से परामर्श करना चाहेंगी?"

"निश्चित रूप से सर," मैंने जवाब दिया।

"ठीक है, हम अपने फैसले के साथ एक महीने में आपसे संपर्क करेंगे। हमारे पास साक्षात्कार के लिए कुछ और आवेदक हैं। हमारे लेखा अधिकारी से मिलना और अपनी टैक्सी का किराया लेना न भूलें।" मानो मैं भूल जाऊंगा!

ठीक एक महीने बाद, मुझे कंपनी से एक पत्र मिला। मेरा चयन हो गया था! संलग्न मेरे वेतन और अन्य भत्तों और अनुलाभों

की एक सूची थी। मुझे एक महीने के भीतर काम पर रिपोर्ट करना था। मैंने अपनी परिलब्धियों को जोड़ा और पाया कि यह मेरी अभी की कमाई से छह गुना अधिक होगी! लेकिन मेरे द्वारा समिति को दी गई तीन महीने की नोटिस की अवधि से पहले डेढ़ महीने बाकी थे। नए डॉक्टर की तलाश में कोई प्रगति नहीं हुई थी। मैंने कंपनी को अपनी ज्वाइनिंग तिथि के दो सप्ताह के विस्तार के लिए लिखा, जिस पर तुरंत सहमति दे दी गई।

मैं विकर से मिला और उन्हें घटनाक्रम के बारे में बताया। "कृपया वलिया थिरुमनी के वापस आने तक प्रतीक्षा करें," उन्होंने अनुरोध किया। "वह तीन महीने के लिए विदेश दौरे पर हैं।

"निश्चित रूप से मैं इतना इंतजार नहीं कर सकता। मुझे इस्तीफा दिए हुए डेढ़ महीने से ज्यादा का समय हो गया है। आपने डॉक्टर खोजने के लिए क्या किया है?"

"डॉक्टर, हम सब कुछ कर रहे हैं, लेकिन अभी तक हमने एक रिक्तता निकाली है।"

"अखबार में विज्ञापन दिया है?"

"नहीं..."

"फिर आपने क्या किया है?" मुझे जलन हो रही थी। शायद वे सोच रहे हैं कि मैं अपना मन बदल लूंगा, और रुकूंगा। "मैंने आपको तीन महीने दिए हैं। क्या आप चाहते हैं कि अस्पताल फिर से बंद हो जाए? आशा है कि आप इस सप्ताह ही विज्ञापन देंगे!"

यह विज्ञापन अगले मंगलवार को मलयाला मनोरमा अखबार में छपा। मेरा नाम संपर्क व्यक्ति के रूप में दिया गया था। शुक्रवार की सुबह मेरे कमरे में एक डॉक्टर इंतज़ार कर रहा था। ओपी में भीड़ थी। डॉ जॉनसन ने अपना परिचय दिया। "मैं तुम्हारा विज्ञापन देखकर आया हूँ।" ऐसा लग रहा था कि वह पहले से ही फैसले पर पछता रहा है। "यहाँ पहुँचने की कितनी कठिन यात्रा है!"

नर्स मरियम्मा ने आधे दरवाजे से अपना सिर अंदर किया और बताया, "एक मरीज़ को चोट है, डॉक्टर। हमने दबाव पट्टी लगाई है, लेकिन यह अभी भी खून बह रहा है।"

"क्षमा करें, मुझे देखने दें, मैं वापस आऊंगा" मैंने प्रक्रिया कक्ष में उसका पीछा किया। नर्स ने मेरे देखने के लिए ड्रेसिंग खोली। खून की नन्ही-नन्ही धाराएँ फूट पड़ीं। मैंने पट्टी को वापस रखा और कसकर बांध दिया, लेकिन यह भीग गई, और इसके

माध्यम से खून बहुत बह रहा था, और नीचे टपक रहा था। मुझे पता था कि मुझे इसे तुरंत ही सीलना होगा। मैंने पट्टी खोलकर रक्तस्राव रोकने के लिए धागे से सिलना शुरू किया। इसमें कुछ समय लगा। मुझे अचानक डॉ. जॉनसन की याद आई जो मेरे कमरे में प्रतीक्षा कर रहे थे।

"सिस्टर, एक बार मेरे कमरे में बैठे डॉक्टर से पूछो कि क्या वह अंदर आ सकते है। हम बात कर सकते हैं जब तक मैं इसे टांके लगाता हूं।"

सिस्टर ऐलिस इंतज़ार कर रहे डॉक्टर को लाने गई।

डॉ जॉनसन अंदर आए और खुले घाव को देखा, और फिर फर्श पर खून के पूल को देखा। "आपने इस मामले को रेफर क्यों नहीं किया?"

"क्या जरूरत है, डॉक्टर?" मैंने उत्तर दिया। "हम इसे यहाँ संभाल सकते हैं। अगर हम मना करते हैं, तो उन्हें पठानमथिट्टा जाना होगा, जिसके लिए उन्हें एक जीप लेनी होगी। उन्हें बहुत खर्च करना होगा।

ऐसा प्रतीत हुआ कि डॉक्टर मेरे दिए गए तर्क की सराहना कर नहीं रहे थे।

"इसमें कुछ समय लग सकता है," मैंने जारी रखा। "क्या जब तक मैं सिलाई कर रहा हूँ, हम यहाँ बात कर सकते हैं?"

"यहाँ काफी भीड़भाड़ है। इस कमरे में एसी होना चाहिए! मैं ओपी कक्ष में प्रतीक्षा करूँगा। आपके काम के समाप्त होने के बाद हम बात करेंगे।

बहुत लंबा इंतजार करने के बाद डॉ जॉनसन अधीर लग रहे थे। "वे कितना भुगतान करेंगे?" जैसे ही मैंने प्रवेश किया उसने पूछा।

"आपको विकर या वालिया थिरुमेनी से बात करनी होगी। अभी, वे मेरे और डॉ. जेसी के लिए संयुक्त रूप से पाँच हज़ार का भुगतान कर रहे हैं।"

"पूरे समय काम करने वाले एक डॉक्टर के लिए यह सिर्फ पच्चीस सौ है। क्या आप पागल हो जो यहाँ इतने सस्ते में काम कर रहे हो?" उसने बाहर इंतज़ार कर रही भीड़ को देखा। "यह एक बहुत भारी ओपी भी लगता है। मैं आपको अपना कार्ड दूंगा। आप प्रबंधन को बता सकते हैं। चूंकि मुझे अकेले काम करना है, इसलिए मैं कम से कम पचहत्तर सौ रुपये की उम्मीद करूँगा। अगर वे इच्छुक हैं तो ही उन्हें मुझसे संपर्क करने दें। ऐसा लगता

है कि मेरा यहां और समय बर्बाद करने का कोई मतलब नहीं है। वह हड़बड़ी में चला गया।

मैं पादरी के पास गया। "आपने मुझे आवेदकों के लिए संपर्क व्यक्ति के रूप में क्यों रखा? क्या मैं ही उन्हें नियुक्त करूंगा? और मैं वेतन के बारे में उनके सवालों का जवाब कैसे दे सकता हूं?" मैंने उन्हें डॉ जॉनसन का कार्ड दिया और उनकी मांग की जानकारी दी। "कोई और जो संपर्क करता है, मैं उन्हें सिर्फ आपके पास भेजूंगा।"

"सात हजार पांच सौ रुपये सिर्फ एक डॉक्टर के? यहां तक कि हमारा रत्री अस्पताल भी एमबीबीएस डॉक्टरों के लिए केवल तीन हजार का भुगतान करता है!"

"कम से कम अब तो आपको यह समझ लेना चाहिए कि वे अलग हैं," मैंने उससे कुछ सख्ती से कहा। वे ड्यूटी डॉक्टर हैं जो दिन में आठ घंटे काम करते हैं और उनके पास काफी छुट्टियां होती हैं। किसी से भी समान वेतन के लिए यहां 24/7 कॉल करने की अपेक्षा न करें।

जैसे जैसे कॉल आती गई और पूछताछ की गई, मैंने सभी को पादरी के पास जाने का निर्देश दिया। महीने के अंत तक, कोई भी ज्वाइन नहीं हुआ था। मैंने उन्हें आने वाली तारीख के

बारे में याद दिलाया। जाने के लिए सिर्फ एक हफ्ते पहले, वह मेरे कमरे में एक बेदाग कपड़े पहने आदमी के साथ आया, जो अधेड़ उम्र का था।

"इस डॉक्टर ने शामिल होने में रुचि व्यक्त की है। कृपया उसे अस्पताल दिखाएं और यहां का काम समझाएं।"

जब मैं उन्हें घुमाने ले गया तो डॉ. जैकब सैमुएल को अस्पताल में कोई वास्तविक रुचि नहीं थी। उनके पास मुझसे पूछने के लिए ज्यादा सवाल नहीं थे।

"क्या आप अकेले आओगे?" मैंने पूछ लिया। "क्या आपका परिवार आपके साथ होगा?"

"मेरा कोई परिवार नहीं है।"

क्या वह अभी भी कुंवारा है? क्या उसकी शादी हो चुकी है और वह अलग हो गया है? मेरे मन में जो भी सवाल आए मैंने उनसे नहीं पूछा। अस्पताल का जायज़ा लेने के बाद, शर्तों पर चर्चा करने के लिए वे पादरी के साथ चले गए।

शाम को पादरी मुझसे मिले। "हम उनकी कार में रैनी में बिशप पैलेस गए। चूंकि वालिया थिरुमेनी बाहर हैं, इसलिए हम

प्रभारी विकर जनरल से मिले। उन्हें नियुक्त करने का निर्णय लिया गया।

"उत्कृष्ट!" मैंने कहा। "अब मैं शांति से जा सकता हूं।"

वह मेरे उत्साह को साझा नहीं कर पा रहा था। "उसका वेतन थोड़ा अधिक है, डॉक्टर। वह छह हजार से कम पर राजी नहीं हो रहा था। और उन्होंने विशेष रूप से कहा है कि वह प्रसव मामलों में शामिल नहीं होंगे।"

मैं यह सुनकर दंग रह गया। उसका वेतन एक जोड़े के रूप में हमें जो दिया गया था, उससे अधिक था। और अगर वह प्रसव में शामिल नहीं होता है, तो इसका मतलब अस्पताल की आय में उल्लेखनीय कमी होगी। नियमित जांच के लिए आने वाली सभी गर्भवती महिलाओं को भी अन्यत्र जाना होगा।

ऐसा लगा कि पादरी मेरे विचार पढ़ रहा है। "कम से कम अब, मुझे उम्मीद है कि वालिया थिरुमनी को आपकी कीमत का एहसास होगा।" यह पहली बार था जब मैंने पादरी को वालिया थिरुमेनी की इतनी आलोचना करते हुए सुना।

"वैसे भी, बहुत देर हो चुकी है," मैंने आह भरी।

"क्या आपको लगता है कि अस्पताल बिना प्रसव और वेतन खर्च में वृद्धि के व्यवहार्य होगा?"

"बेशक यह हो सकता है," मैंने आत्मविश्वास से कहा। "यदि कोई प्रसव नहीं होता है, तो हमेशा पर्याप्त बिस्तर होंगे और उन रोगियों को अब पठानमथिट्टा जाने कि बजाय यही भर्ती कराया जा सकता है। लेकिन एक नए भवन के लिए अस्पताल निधि का निर्माण करना अब संभव नहीं हो सकता है।"

"एक और बात है डॉक्टर साहब। वह काम शुरु करने के लिए एक महीने का समय चाहता है।

"अय्यो! लेकिन मुझे एक हफ्ते में जाना है!"

"कृपया कुछ समायोजन करें, डॉक्टर। यह अच्छा नहीं होगा कि एक महीने के बाद फिर से खोलने के लिए अस्पताल को बंद कर दिया जाए।"

"मुझे देखने दो कि मैं क्या कर सकता हूं," मैंने कहा, वास्तव में निश्चित नहीं कि क्या किया जा सकता है। इस बीच, मुझे पुनालुर में एस्टेट के प्रभारी वरिष्ठ प्रबंधक का एक पत्र मिला, जिसमें मेरा स्वागत किया गया था। मुझे अगले सोमवार को उन्हें

रिपोर्ट करना था। डॉक्टर का बंगला तैयार रखा जाएगा। मेरी शिफ्टिंग से जुड़ा सारा खर्च कंपनी देगी।

"तुम आगे बढ़ो," जेसी ने आग्रह किया। "नए डॉक्टर के शामिल होने तक मैं अकेले अस्पताल का प्रबंधन करूँगी।"

****

27.   प्रतीक्षा (आशा)

अगले सोमवार की सुबह, मैंने पुनालुर में एवीटी एस्टेट की यात्रा करने की तैयारी की। कार मेरे सभी कपड़े और रसोई के लिए कुछ बर्तनों से भरी हुई थी। मैंने अपने मरीजों को मेरे जाने की घोषणा नहीं की थी, लेकिन कई लोगों को इसकी भनक लग गई थी और वे मुझे अलविदा कहने आए थे। भीड़ में सैली और जॉनीकुट्टी भी शामिल थे। "मेरी तारीख अभी दो या तीन हफ्ते दूर है। हमने कामना की थी कि आप हमारे बच्चे को जन्म देने में हमारी सहायता करेंगे। सैली भावुक थी।"

"चिंता मत करो, डॉ जेसी यहाँ है। वह आपकी डिलीवरी करवा देगी," मैंने उसे आश्वासन दिया।

मैंने एक दिन पहले ही सीकेएम से विदा ली थी, लेकिन वह मुझे विदा करने के लिए वहां मौजूद थे। मेरे कुछ नियमित मरीज भी आए थे। उन्हें कैसे पता चला कि मैं जा रहा हूं?

दो घंटे का रास्ता था। मैंने इसे धीरे-धीरे पूरा किया। मैं भीतर एक भारीपन महसूस कर रहा था। तमाम तनाव के बावजूद, मुझे यह चुनौती पसंद थी और मैं कई रोगियों से जुड़ गया था।

जैसे ही मैंने पठानमथिट्टा छोड़ा और पुनालुर की ओर बढ़ा, मेरे विचार नई नौकरी की सोच में बदल गए। मुझे सीधे डॉक्टर के बंगले पर जाने और ग्यारह बजे सीनियर मैनेजर से मिलने के लिए ऑफिस आने का निर्देश दिया गया था। बंगले में डीजी मुझे रिसीव करने के लिए इंतजार कर रहे थे। जैसे ही मैंने कार खड़ी की और अनपैक करना शुरू किया, उसने मुझे रोक लिया। "इसे छोड़ो। वे इसका ख्याल रखेंगे।"

उन्होंने अपने साथ के दो युवकों से मेरा परिचय कराया। "यह शेखर है। वह आपका बटलर होगा। आप एक और नौकर के हकदार हैं, जिसकी व्यवस्था हम आपके परिवार के आने तक कर देंगे। और यह कुट्टप्पन है। वह अस्पताल का अटेंडर है। वह आपकी किसी भी मदद के लिए वहां मौजूद रहेंगे।"

कुट्टप्पन एक बचकाना नौजवान था, जिसने सफेद कमीज और निकर पहन रखा था। शेखर अकुशल था, और

उसका खाना पकाने का कौशल मुझसे बहुत कम था, जैसा कि मुझे बाद में पता चला।

वरिष्ठ प्रबंधक, श्री मार्टिन एक अनुभवी योजनाकार थे। डीजी और अन्य सहायक प्रबंधक उससे खौफ में लग रहे थे, लेकिन वे उसे पसंद करते थे।

"बैठो, डॉक्टर। आपका स्वागत है! उसने अपनी बड़ी मेज के दूसरी ओर लकड़ी की कुर्सी की ओर इशारा किया। मैंने चित्तर में आपके काम के बारे में सुना है, लेकिन यहां आपका काम बिल्कुल अलग होगा। मैं नहीं चाहता कि आप यहां कोई जोखिम उठाएं। आप किसी भी ख़राब मामले को सरकारी अस्पताल में रेफर कर सकते हैं। हम उन्हें परिवहन सुविधा देंगे और उनके खर्चों की प्रतिपूर्ति करेंगे।"

"सर, मुझे कुछ ख़राब मामलों को संभालने की आदत है," मैंने कहा।

"आप मुश्किल में पड़ सकते हैं। आपको यह समझना चाहिए कि यहां सभी मजदूरों का इलाज मुफ्त है। यह उनका अधिकार है। हो सकता है कि नौकरीपेशा लोग आपके काम की ज्यादा तारीफ न करें। आपको अपनी प्रतिष्ठा को स्वयं बनाना होगा। आप धीरे-धीरे सीख जाएंगे।"

मुझे व्यस्त रखने के लिए पर्याप्त काम नहीं था। पूरे हफ्ते मैंने एक भी गंभीर मेडिकल मामला नहीं देखा था। अस्पताल में आने वाले अधिकांश आगंतुक कुछ मेडिकल बिल लाएंगे जो वे चाहते थे कि मैं उन पर हस्ताक्षर करूं। अन्य कुछ मामूली बीमारियों या शरीर में दर्द के साथ आए थे। वे सबसे मजबूत एनाल्जेसिक चाहते थे। कई साधारण बीमारियों के लिए विशेषज्ञों से संदर्भ मांगेंगे। अगर उन्हें सिरदर्द होता, तो वे मुझसे सीटी स्कैन कराने की सलाह देते!

मार्टिन सर ने मुझे चेतावनी दी, "किसी भी बिल पर प्रतिहस्ताक्षर न करें जिसे आपने निर्धारित नहीं किया है।" यदि वे कहते हैं कि वे नियमित दवाएं ले रहे हैं, तो उनसे पिछले रिकॉर्ड के बारे में पूछें। कई नकली बिल लाएंगे। ऐसे लोग हैं जो दवाएं खरीदते हैं, हमारे कार्यालय से इसकी प्रतिपूर्ति करवाते हैं, और फिर इसे बाहर बेचते हैं!"

"उनमें से कुछ वास्तव में अहंकारी और जिद्दी हैं," मैंने कहा।

"डॉक्टर, क्या आप जानते हैं कि कंपनी हम अधिकारियों को इतना अच्छा वेतन और अन्य भत्ते क्यों दे रही है?" मैंने उसकी ओर देखा, कोई उचित उत्तर नहीं मिला। "ऐसा इसलिए है ताकि

हम कर्मचारियों की अनुचित मांगों या धमकियों के आगे न झुकते हुए, कंपनी की खातिर कर्मचारियों के सभी दुर्व्यवहार और उत्पीड़न को सहें। निष्पक्ष रहो, लेकिन दृढ़ रहो।"

अगले दिन, डीजी ने मुझे सहायक प्रबंधक, जिम से मिलवाया। "वह मछली की तरह पीता है, और चिमनी की तरह धूम्रपान करता है।"

"आज रात मेरे बंगले पर आओ। आपको मेरी पत्नी से मिलना चाहिए। एस्टेट के अन्य अधिकारी भी होंगे। हम पांच हैं-एक अलग समूह, दो वरिष्ठ प्रबंधकों के अलावा।"

मैं सबसे पहले आने वालो में से एक था। उनकी पत्नी ने मुझे उनके द्वारा बनाई गई कुछ सुंदर जलरंग पेंटिंग दिखाईं। मैंने उन्हें तैल चित्र की मूल बातें सिखाने का वादा किया।

यह एक अलग तरीके की पार्टी थी। "यह आपके लिए एक स्वागत पार्टी है, लेकिन लगभग हर दिन, हमारे पास जश्न मनाने का कोई न कोई कारण होगा।" नाच-गाना हो रहा था। मुझे अन्य स्मार्ट सहायक और उप प्रबंधकों और उनकी आकर्षक पत्नियों से मिलवाया गया।

"आपकी पत्नी कब शामिल होने आएगी?" किसी ने मुझसे पूछा।

"एक महीने के समय में, मुझे उम्मीद है," मैंने जवाब दिया। बाद के विचार के रूप में, मैंने जोड़ा- "लेकिन वह शराब को हाथ नहीं लगाएगी।"

"उन्हें आने दो। हम वह सब बदल देंगे।" जिम ने आत्मविश्वास से घोषित किया।

कार्यालय में चिकित्सा खातों के माध्यम से जाने पर, मैंने पाया कि लगभग तीन प्रतिशत कर्मचारियों ने चिकित्सा व्यय के अस्सी प्रतिशत से अधिक का हिस्सा लिया था। यह कोई संयोग नहीं था कि यह तीन प्रतिशत ज्यादातर श्रमिक संघ के नेता थे। अब यहां कुछ ऐसा है जिस पर मुझे काम करना है।

शनिवार आ गया, और मुझे काम के बाद शाम को चित्तर जाना था। मैंने हर सप्ताह के अंत में जेसी और बच्चों से मिलने की योजना बनाई थी, जब तक कि वे मेरे साथ यहां शामिल नहीं हो जाते। मुझे पेट्रोल के खर्च की ज्यादा चिंता नहीं थी। मैं कंपनी से एक साल में पांच सौ लीटर पेट्रोल का हकदार था। मैं सोच रहा था कि मैं इतने पेट्रोल का क्या करूंगा।

अजू और कुकु मुझे देखकर बहुत खुश हुए। जेसी ने बताया कि जिस दिन मैं चला गया था, उस दिन कुकु रात भर रो रही थी। अंत में, उसे आधी रात के बाद अस्पताल जाना पड़ा और उसे कुछ सोने की दवा दी। अस्पताल में कोई दिक्कत नहीं थी, लेकिन वह काफी व्यस्त थी, अकेले ही काम चला रही थी। मैंने फैसला किया कि उसे एक ब्रेक की जरूरत है।

तीसरे हफ्ते जब मैं गया, जेसी घर पर नहीं थी। वह बच्चों को नौकरानी के पास छोड़कर अस्पताल में प्रसव कराने जा रही थी। चाकोचेन एक संदेश लेकर आए। "डॉ। जेसी ने आपको अस्पताल आने के लिए कहा है।"

आशा है कि यह कोई गंभीर जटिलता नहीं है। मैंने चाकोचन का पीछा किया। मुझे डिलीवरी किये हुए तीन हफ्ते हो चुके थे, और मैं खुद को असहज महसूस कर रहा था। जॉनीकुट्टी, उसके माता-पिता और सैली के माता-पिता को लेबर रूम के बाहर इकट्ठा देखकर मैं हैरान रह गया।

"यह सैली है। वह तुम्हारे लिए पूछ रही थी," जेसी ने कहा, जैसे ही बच्चे का सिर बाहर निकला। उसने उसे पकड़ लिया और बच्चे को बाहर निकाल लिया। यह एक लड़की थी, जो जोर से

चीख के साथ दुनिया में आने की घोषणा कर रही थी। सैली ने उसकी चीख सुनी और संतोष से मुस्कुराई।

मैं बाहर आया और इंतज़ार कर रहे परिवार वालो के लिए घोषणा की। "यह एक कन्या है!" चारों ओर मुस्कान थी।

जॉनीकुट्टी आगे आए। "हम बहुत खुश हैं कि आप आज यहां थे। मैं आपसे एक और एहसान माँगना चाहता हूँ। "यह हमारी इच्छा है कि आप बच्चे का नाम रखें।"

"ठीक है, मुझे एक नाम के बारे में सोचने दो,' मैंने कहा और लेबर रूम में वापस चला गया, जहां जेसी ने पहले ही प्लेसेंटा निकाल लिया था, सिस्टर ने बच्चे को साफ किया था और उसे लपेट दिया था।

"जॉनीकुट्टी चाहता है कि मैं बच्चे का नाम रखूं," मैंने उससे कहा। "कोई सुझाव?"

"प्रतीक्षा," उसने बिना किसी हिचकिचाहट के घोषणा की। (मलयालम में प्रतीक्षा का अर्थ है 'आशा')

"हाँ!" सैली ने कहा। "यह बहुत अच्छा नाम है।"

मैंने बच्चे को बाहर लाने वाली नर्स के साथ बाहर आया। बच्चे को पकड़ने के लिए कई उत्सुक हाथ बढ़ाए गए, लेकिन उसने बच्चे को जॉनीकुट्टी को सौंप दिया। "प्रतीक्षा," मैंने घोषणा की।

अगले दिन, चर्च सेवा के बाद जैसे ही पादरी बाहर आए, मैं उनसे मिलने गया। "जब मैं अगले हफ्ते आऊंगा, तो मैं अपने परिवार को लेकर जाऊंगा। क्या आपने डॉ. जैकब से संपर्क किया है? वह कब आ रहे हैं?"

"हाँ, डॉक्टर। सब कुछ व्यवस्थित कर लिया गया है। वह अगले रविवार दोपहर तक आएंगे। मैं शनिवार को अस्पताल आऊंगा, खातों और शेष नकदी का प्रभार संभालूंगा। वाइसर जनरल ने मुझे इस समय नकदी को स्वयं संभालने के लिए कहा है।"

जब मैं अगले शुक्रवार की शाम घर आया, तो जेसी और अजू बहुत उत्साहित थे। मुझे शनिवार को शिफ्टिंग के लिए छुट्टी दी गई थी। कुकु नौ महीने की उम्र में हमारे उत्साह का कारण न जान सकी। जेसी अब इस अस्पताल को छोड़ने की पीड़ा महसूस कर रही थी, जहां हमने अपना पूरा जीवन बिताने की योजना बनाई थी। पूरे शनिवार, मैं गत्ते के बक्सों में सब कुछ पैक करने

में व्यस्त था, जिनमें से बहुत सारे अस्पताल से उपलब्ध थे। मिट्टी के पात्र, चश्मा, मेरी पेंटिंग, वायलिन, कपड़े और चादरें कार में जाने वाली थीं।

अगले दिन दोपहर तक टैम्पो आ गया। हमें तीन बजे तक निकलना था। लोडिंग का काम स्थानीय हेड लोड श्रमिकों द्वारा किया जाता था, जिनमें से कई अपने बच्चों या माता-पिता के साथ कई बार हमारे पास आए थे। दुर्लभ अवसरों पर जब वे स्वयं के लिए आए, तो यह अक्सर अल्कोहल गैस्ट्राइटिस के लिए होता था।

लोडिंग हो चुकी थी। यह भुगतान का समय था। "हम बहुत दुखी हैं कि आप जा रहे हैं। हम अपने आभार के प्रतीक के रूप में आपके लिए यह मुफ्त में करना चाहते हैं," उनके नेता ने मुझसे कहा। उन्हें यह आश्वासन देने के बाद कि कंपनी से मुझे प्रतिपूर्ति मिल जाएगी, वे पैसे स्वीकार करने के लिए राजी हो गए।

हम डॉक्टर के आने का इंतजार करने लगे। अस्पताल में अभी भी आठ भर्ती मरीज हैं। हमने नए डॉक्टर के साथ फाइनल राउंड लेने और उन्हें सौंपने की योजना बनाई थी।

तीन के बाद भी डॉक्टर का कोई पता नहीं चला। टेम्पो में अपना सारा फर्नीचर लादकर हम घर की सीढ़ियों पर बैठ गए,

उसके आने का इंतज़ार करने लगे। क्या होगा अगर वह नहीं आता है?

हमने इंतजार करना जारी रखा। विकर उसे फोन पर लेने की कोशिश करने के लिए फिर से अस्पताल गया। जेसी कार में जाकर बैठ गई, कोयल उसकी गोद में सो रही थी। कुछ देर बाद अजू भी पीछे की सीट पर जाकर लेट गया। वह जल्द ही सो गया।

पादरी स्पष्ट रूप से चिंतित थे। "उसने वादा किया था कि वह दोपहर तक यहाँ आएगा। उनके घर पर कोई फोन नहीं उठा रहा है। मेरा मानना है कि वह वहां अकेला रहता है। अगर वह नहीं आए तो हम क्या करेंगे?" वह मेरे विचारों को प्रतिध्वनित कर रहा था।

"यहाँ आठ मरीज हैं, मैंने कहा। "उनमें से तीन ठीक हैं। हो सकता है कि हम उन्हें वहां अपनी दवाएं जारी रखने के लिए अभी घर भेज सकें, लेकिन बाकी लोगों को रन्नी या पठानमथिट्टा में स्थानांतरित करने की आवश्यकता है।"

चार-साढ़े चार बजे तक, हमने और इंतजार नहीं करने का फैसला किया और अजु और कोयल को कार में सोते हुए छोड़कर अंतिम रांउड लेने के लिए अस्पताल गए। हमने मरीजों को समझाया कि नया डॉक्टर अभी तक नहीं आया है, और अगर

वह नहीं आता है, तो उन्हें दूसरे अस्पतालों में ले जाना होगा। स्वाभाविक रूप से वे बहुत परेशान थे।

हम परामर्श कक्ष में बैठ गए और उनमें से तीन के लिए नुस्खे लिखे और छुट्टी देने और घर भेजने की योजना बनाई। साथ में, हमने अन्य पाँचों के लिए विस्तृत संदर्भ पत्र लिखना शुरू किया। तभी मेरा फोन बज उठा।

यह एस्टेट कार्यालय से डीजी थे। वह बंगले में मजदूरों के साथ अनलोडिंग का इंतजार कर रहा था।

"जिस डॉक्टर को संभालना था वह अब तक नहीं आया," मैंने समझाया। हमें जाने से पहले भर्ती मरीजों को दूसरे अस्पतालों में शिफ्ट करना होगा।"

"अय्यो! जब तक आप पहुंचेंगे तब तक अंधेरा हो जाएगा। अभी टेंपो भेजो। हम तुम्हारा सामान खोल कर यहाँ रख देंगे।"

टैंपो को रूट डायरेक्शन के साथ रवाना किया गया। हमने रेफरल पत्र पूरे किए और घर लौट आए। अजू अभी-अभी उठा था। "हम कब जा रहे हैं?" उसने अधीरता से पूछा।

पादरी भी वहाँ बार-बार अपनी घड़ी और सड़क पर नज़रें गड़ाए हुए था। "छह बजने वाले हैं। शायद डॉ. जैकब नहीं आ रहे हैं।"

"हमें मरीजों को जल्दी से शिफ्ट करने की व्यवस्था करनी होगी," मैंने कहा। "यह हमारी जिम्मेदारी है। मैं इससे पहले नहीं जा सकता।"

"पांच जीपों की व्यवस्था करने में समय लगेगा, डॉक्टर। मेरे पास एक सुझाव है।" वह एक शानदार विचार लेकर आए। "क्या डॉ. जेसी कुछ और दिन रुक सकती हैं? इस बीच, हम डॉ. जैकब के बारे में पता लगा सकते हैं या किसी और को खोज सकते हैं।"

मेरी सारी दबी हुई भावनाएँ फूट पड़ीं। "क्या बकवास कर रहे हो? सारा फर्नीचर भेज दिया गया है। जेसी कैसे रुक सकती है?"

मैं धूल के एक बादल में एक लाल फिएट को पूरी तरह से फर्नीचर से लदी एक बड़ी लॉरी के साथ आते हुए देख कर रुक गया था।

मैं डॉ. जैकब से मिलने के लिए भागा। "हमें देर हो गई है! मुझे भागना है। हमने आपके साथ मिलकर चक्कर लगाने और मरीजों को हैंडओवर करने की योजना बनाई थी, लेकिन अब हमारे पास समय नहीं है। बच्चे भी थके हुए हैं, इंतजार कर रहे हैं। अभी आठ मरीज हैं। हमने उन सभी के लिए संदर्भ पत्र लिखे थे। आप इनके माध्यम से इनके बारे में जान सकते हैं।

"अभी यहाँ आठ मरीज हैं?" उन्होंने हैरानी से पूछा।

"यह अपेक्षाकृत कम है, डॉक्टर। आमतौर पर, पंद्रह से सत्रह होंगे।"

"मुझे उनमें से कुछ का उल्लेख करना पड़ सकता है। मुझे देखने दो। मैं ज्यादा रिस्क नहीं लेना चाहता। मैं आपके द्वारा लिखे गए पत्रों का उपयोग कर सकता हूं।"

मैंने इस बात का ख्याल रखते हुए धीरे-धीरे गाड़ी चलाई कि बच्चों को जगाना नहीं है, या बूट में पैक की गई किसी भी चीज़ को तोड़ना नहीं है। एम्बैस्डर की पिछली सीट के पीछे एक लेज पर कुकु को लेटाया हुआ था और अजू सीट पर सो रहा था।

मैंने पिछले तीन सालों के बारे में सोचा। चित्तर में एक माध्यमिक स्तर का अस्पताल बनाने का मेरा सपना पूरा नहीं हुआ

था, लेकिन हमने एक अच्छा प्राथमिक केंद्र बनाया है जो बीमार रोगियों को भी ले सकता है यदि डॉक्टर जोखिम लेने को तैयार हैं। मरीज इच्छा से अधिक थे। प्रसव भी सुरक्षित हो गए है। मौली के बच्चे को छोड़कर एक भी मृत्यु नहीं हुई थी, और कोई शिशु मृत्यु भी नहीं हुई थी। कई लोगों की पुरानी बीमारियाँ नियंत्रण में थीं और यहाँ तक कि नीम-हकीम भी जानते थे कि डायरिया जैसी सामान्य बीमारियों को कैसे संभालना है। बच्चों सहित अधिकांश लोग अब जूते पहन रहे थे। एनीमिया और कृमि संक्रमण की घटनाओं में निश्चित रूप से कमी आई है। कई गंभीर बीमारियाँ - तीव्र नेफ्रैटिस वाले बच्चे, आमवाती बुखार वाले युवा पुरुष और महिलाएँ, तीव्र श्वसन और गैस्ट्रिक बीमारियों वाले बुजुर्ग, हृदय और तंत्रिका संबंधी घटनाओं का प्रबंधन किया गया था, उनमें से अधिकांश में कोई गंभीर जटिलताएँ विकसित नहीं हो रही थीं। क्या डॉ. जैकब इसे आगे बढ़ाएंगे?

"क्या हमारे पास अपनी चीजों को अनपैक करने और रात का खाना पकाने का समय होगा?" जेसी ने मुझे अपनी घड़ी दिखाते हुए अपने दिन के सपने से मुझे जगाया। "क्या हमें रास्ते में कुछ खरीदना चाहिए?"

"चिंता मत करो," मैंने उसे आश्वस्त किया। "शेखर ने कुछ बनाया होगा। अगर हम वो खा लेंगे तो हम भूखे नहीं रहेंगे।"

शेखर और रसोइया- चाछम्मा नामक एक बुजुर्ग महिला, हमें लेने के लिए वहां मौजूद थीं। हमारा सारा फर्नीचर बड़े करीने से लगाया गया था। वहां पहले से ही जो कुछ था उससे यह थोड़ा भीड़भाड़ वाला लग रहा था, लेकिन कमरे बड़े और विशाल थे जिसमें सभी सामान समा सकते थे।

हमने बच्चों को जगाया। अजु को आश्चर्य हुआ कि कैसे वह पूरी तरह से एक नई जगह पर जागा, लेकिन कुछ फर्नीचर पहले जैसा ही दिख रहा था। जब तक हम नहा धो कर बदलते, तब तक भोजन परोसा जा चुका था, और हम रात के खाने के लिए बैठ गए।

वहाँ फूली फूली रोटियाँ, नारियल की ग्रेवी के साथ स्वादिष्ट अंडा करी, अच्छी तरह से सजाया गया सलाद ड्रेसिंग और आम का अचार था।

****

उपसंहार

*ती*स साल बाद ....

रविवार का दिन था, और मैं अभी भी बिस्तर पर था। मोबाइल फोन की घंटी बजने से मेरी नींद खुल गई। खिड़की से अंदर आने वाली रोशनी पहले से ही तेज थी।

यह सी के एम था!

पिछली बार हम पच्चीस साल पहले मिले थे जब मैं इस पुश्तैनी घर में शिफ्ट हो रहा था, जहां अभी मैं बसा हुआ हूं। वह एस्टेट से जिम के साथ शिफ्टिंग में मेरी मदद करने आया था। जेसी और मैं अब यहां अकेले रहते हैं, कभी-कभी राज्य के दूर-दराज के हिस्सों में कार्यरत अजू और कुकु के आ जाने से उत्साहित हो जाते हैं। जेसी पास में हमारे अपने छोटे से क्लिनिक की देखभाल करती है और मैं केवल छह किलोमीटर दूर

पठानमथिट्टा के एक कॉर्पोरेट अस्पताल में एक पारिवारिक चिकित्सक के रूप में काम कर रहा हूं।

सीकेएम और मैंने तीन साल पहले संपर्क स्थापित किया था जब उसने फेसबुक के माध्यम से मेरे मोबाइल नंबर का पता लगाया था। उन्होंने कोच्चि में एक अच्छा घर खरीदा और उसमें बस गए। उनके पैर की समस्या हमेशा के लिए ठीक हो गई है। डॉ. के. एम. थॉमस की मृत्यु के बाद, जिससे वह हताश हो गए थे, वह अपनी जांघ में होने वाले हल्के दर्द को नजरअंदाज करते रहे, जब तक कि उन्हें गंभीर हालत में कोच्चि के एक हाई-टेक अस्पताल में नहीं ले जाया गया। एमआरआई स्कैन से पता चला कि उसकी जांघ की हड्डी में धातु का एक छोटा टुकड़ा फंसा हुआ है। हो सकता है कि यह लगभग पैंतीस वर्षों से वहां रहा हो, एक एक्स-रे में पता न चल सका। एक युवा आर्थोपेडिक सर्जन द्वारा उसे हटा दिया गया था, और तब से कोई समस्या नहीं थी।

चिकित्सा बिलों का भुगतान करने के लिए उन्हें चित्तर में अपना घर और दुकान बेचनी पड़ी और कोच्चि में किराए के मकान में रहने चले गए। हालाँकि, वह खाड़ी में एक नई नौकरी पर लौटने में सक्षम था, और एक बार जब उसने पर्याप्त बचत कर ली, और उसका बेटा वहाँ अच्छी तरह से कार्यरत हो गया, तो

उसने कोच्चि में घर खरीद लिया। वह अब मुझे क्यों बुला रहा होगा?

"हैलो डॉक्टर!" उनकी आवाज हमेशा की तरह तेज और प्रफुल्लित थी। "क्या आपने आज समाचार पत्र देखा है?"

"नहीं...अभी तो उठा हूँ। अच्छा किया तुमने फोन किया। पहले ही देर हो चुकी है।

"आपके वालिया थिरुमनी का राष्ट्रीय स्तर पर सम्मान होने जा रहा है। उन्हें पद्म भूषण प्राप्त करने के लिए चुना गया है!"

"सचमुच? वह अब सौ से अधिक का होना चाहिए!"

"हाँ, लेकिन उसकी उम्र के लिए काफी स्वस्थ है। यह वास्तव में आपके चर्च के लिए एक बड़ा सम्मान है।"

"हाँ, और वह इसके लायक है। उनकी बोलने की कला बेजोड़ है और उनकी सोच काफी व्यापक है। मुझे उनके बारे में सबसे अच्छी बात यह लगती है कि वे सभी धर्मों के विचारों को समायोजित कर सकते हैं। वह निश्चित रूप से नीति सिद्धांतो से बंधे नहीं है। हालांकि मुझे उनके प्रशासनिक कौशल की ज्यादा परवाह नहीं है, खासकर चित्तर में उनके साथ मेरे अनुभव के बाद।"

"लेकिन डॉक्टर, अगर आप उनकी तुलना उन लोगों से करते हैं जिन्होंने उनके पद पर उनका अनुसरण किया है, तो उन्हें एक संत माना जाना चाहिए!"

"बिल्कुल!" मैं निश्चित रूप से वर्तमान समय के बहुरूपी पुरुषों के बेईमान कार्यों से भयभीत था, जो कथित रूप से पवित्र कार्यालयों को धारण करते थे।

मैंने अपने लिए कॉफी बनाई और बरामदे में अपनी पसंदीदा आरामकुर्सी पर बैठ गया। घर को किश्तों में पुनर्निर्मित किया गया है, और दो विशाल बेडरूम के साथ विस्तरत किया गया है, हालांकि इतना भव्य नहीं जितना एस्टेट में था।

यह मेरे लिए एक लंबी यात्रा रही है। ग्रुप मेडिकल ऑफिसर के रूप में एवीटी प्लांटेशन छोड़ने के बाद, मैंने अपने गांव में अपना क्लिनिक शुरू किया। बाद में जेसी को अपने क्लिनिक का प्रभार सौंपते हुए, मैंने फ्रीलांसिंग की- एक ही समय में आठ अलग-अलग अस्पतालों में काम किया, और सब्जी और मछली की खेती करते हुए, एक कंप्यूटर सेंटर शुरू किया- जो कि हमारे गाँव में पहला था। मैंने चित्तर का दोबारा दौरा भी किया, हालांकि एक दिन के सलाहकार के रूप में। किसी दिन, मुझे एक किताब लिखनी चाहिए!

चित्तर अब एक हलचल भरा शहर है। वहां आज भी कोई अच्छा अस्पताल नहीं है। अब यह कोई बड़ी समस्या नहीं है, क्योंकि पठानमथिट्टा तक पहुँचने में राजमार्ग से पर सिर्फ तीस मिनट लगेंगे, और वाहन काफी मात्रा में उपलब्ध हैं। कई लोगों के पास अपनी कार थी, और हर पंद्रह मिनट में बसें उपलब्ध हैं।

डॉ. जैकब छह महीने बाद चले गए थे, और मिशन अस्पताल फिर से कुछ समय के लिए बंद रहा, जब तक कि चर्च ने इसे निजी डॉक्टरों को किराए पर देने का फैसला नहीं किया। वहाँ तीन या चार डॉक्टर थे, जिनमें से प्रत्येक ने लगभग तीन साल तक काम किया, तब तक वे अपने गृह नगरों में बसने के लिए पर्याप्त कमा चुके थे। सबरीमाला में दो हृदय रोग विशेषज्ञों और एक कार्डियक आईसीयू के साथ पूर्णकालिक हृदय केंद्र था।

मैंने आलस्य से अखबार को सामने के पन्ने को स्कैन करने के लिए खोला। यह आईएएस परीक्षा के परिणाम और रैंक धारकों की तस्वीरों से लगभग भरा हुआ था। भारतीय प्रशासनिक सेवा चयन परीक्षा वह थी जिसमें पूरे भारत के सर्वश्रेष्ठ युवा प्रतिभाओं ने भाग लिया, और केवल कुछ ही चुने गए। एक मलयालम दैनिक होने के नाते, इसने उसी पृष्ठ पर एक मलयाली को चित्रित किया था जिसने 12 वीं रैंक हासिल की थी।

मैंने पन्ने को पलटा और वहाँ वलिया थिरुमनी का सुंदर चेहरा था, जो व्यापक रूप से मुस्करा रहा था। रिपोर्ट में उनकी उपलब्धियों पर प्रकाश डाला गया और विस्तार से बताया गया कि कैसे उन्हें क्षेत्र या धर्म के बावजूद सभी के द्वारा उच्च माना जाता था। एक अलग कॉलम था जिसमें पेचीदा सवालों पर उनके हास्यपूर्ण प्रत्युत्तरों का किस्सा दिया गया था।

मैंने एक और रिपोर्ट देखी कि एक डॉक्टर पर इसलिए हमला किया गया क्योंकि एक चौरासी वर्षीय व्यक्ति, जो उसके आईसीयू में भर्ती था, मर गया था। यह अब समाचार नहीं है।

मैं कागज को मोड़कर दूर रखने ही वाला था कि एक गोल-मटोल युवक की तस्वीर मेरी नजर में आ गई। यह आईएएस परिणामों से संबंधित एक अलग बॉक्स में था। किसी तरह वह अस्पष्ट रूप से परिचित लग रहा था। मैंने उनके नाम पर नज़र डाली- नाज़र मुहम्मद। मैं कोई संबंध नहीं बना सका। मेरे दिमाग में अचानक एक फ्लैश आया। उसके चेहरे ने मुझे सैली की याद दिला दी, जिसने चित्तर में एक नाजायज बच्चे को जन्म दिया था। समानता अलौकिक थी।

मैंने कॉलम के माध्यम से पढ़ा। लड़के ने परीक्षा में तैंतालीसवीं रैंक हासिल की थी। उन्हें प्रमुखता से दिखाए जाने का

कारण उनकी उपलब्धि के पीछे की प्रेरक कहानी थी। जब वह सिर्फ तीन हफ्ते का था, तब उसके माता-पिता ने उसे छोड़ दिया था, उसे कासरगोड के एक अनाथालय में पाला गया था। उन्होंने अपनी पढ़ाई में उत्कृष्ट प्रदर्शन किया और अनाथालय ने उन्हें सर्वश्रेष्ठ शिक्षा देने के लिए विशेष प्रयास किए। उन्होंने एक निजी बैंक में क्लर्क की नौकरी हासिल की और बिना किसी कोचिंग के आईएएस परीक्षा के लिए काम किया। अनाथालय के प्रभारी मुल्ला का एक बयान था, जिसमें उनकी कड़ी मेहनत, उनके विनम्र और अनुकरणीय चरित्र और उच्च आदर्शों की प्रशंसा की गई थी।

मैं सीधा बैठ गया। मैंने तस्वीर में चेहरे को फिर से देखा, और कॉलम को एक बार फिर पढ़ा। मैं उठा और बेडरूम की तरफ भागा। जेसी अभी भी रविवार की सुबह देर से सोने का आनंद ले रही थी। मैंने उसे जगाया।

"अरे! इस तस्वीर को देखो," मैं उत्साह से चिल्लाया। "क्या तुम इसे पहचान सकती हो?"

जेसी ने अभी भी आधी नींद में अपनी आँखें मलीं। "क्यों? यह कौन है?"

"उस कॉलम को देखो! और उस फोटो को ध्यान से देखो।"

"मैं इसके बारे में निश्चित हूँ!"

"यह वही है! सैली का बेटा!"

****

लेखक की अन्य पुस्तकें

\>\> Adventures of a Medical Student:

https://rxe.me/LF89R4

\>\> **Adventures of a Countryside Boy:**

https://rxe.me/L2T7YN

>> **Ulnaatil Oru Doctor:**

https://rxe.me/FNNCYY

डॉ. आई. जयश्री द्वारा अनुवादित - डॉक्टर का एक
पुरस्कृत मलयालम अनुवाद

>> **Adventures of a Countryside Doctor:**

https://rxe.me/MKH863

अनुरोध

प्रिय पाठक,

मुझे पूरी आशा है कि आपको यह पुस्तक पढ़कर आनंद आया होगा। मैं आपकी प्रतिक्रिया प्राप्त करना चाहूँगा। कृपया एक समीक्षा पोस्ट करें।

धन्यवाद,

डॉ। थॉमस टी थॉमस

www.drthomastthomas.com

Amazon Author Page:

http://www.amazon.com/stores/Thomas-Thomas/author/B092R5J5

Facebook Page:

https://www.m.facebook.com/100064941817001/

मुफ्त उपहार!

अगर आप उस दोस्त बोबन की कहानी पढ़ना चाहते हैं, जिसने मुझे एंबेसडर कार चलाना सिखाया, जिसे मैंने चित्तर में रहते हुए खरीदा था, तो मुफ्त डाउनलोड के लिए https://www.drthomastthomas.ck.page/a3c0797fc2 पर जाएँ।

यह एक ऐसा अध्याय है जो इस किताब में जा सकता था।

मेरी नवीनतम पुस्तक, 'एडवेंचर्स ऑफ ए मेडिकल स्टूडेंट' का एक अंश पढ़ना पसंद करेंगे?

www.drthomastthomas.ck.page/50cc306088 पर जाएँ।

लेखक के बारे में

डॉ. थॉमस टी. थॉमस, जिन्हें उनके दोस्त विभिन्न नामों से सिर्फ डॉक्टर, टीटीटी, थोमा या थोमाचेन के नाम से जानते हैं, एक अनुभवी जनरल प्रैक्टिशनर हैं।

उन्होंने सुदूर ग्रामीण क्लीनिकों में, अनुबंध पर विभिन्न सरकारी स्वास्थ्य केंद्रों में, प्रभारी दुर्घटना चिकित्सा अधिकारी के रूप में प्रमुख अस्पतालों में तथा वृक्षारोपण संस्थान, औद्योगिक प्रतिष्ठानों और नशामुक्ति केंद्रों में चिकित्सा अधिकारी के रूप में काम किया है। वह वर्तमान में मुथूट मेडिकल सेंटर, पठानमथिट्टा में एक फैमिली फिजिशियन के रूप में पूर्णकालिक काम कर रहे हैं।

कला, संगीत, पढ़ना, खाना बनाना, कंप्यूटर, पेड़ उगाना और मछली पालने जैसी कई अन्य क्षेत्रों में उनकी रुचि है। वह

खुद को "सभी क्षेत्रों का कलाकार, हालांकि किसी क्षेत्र में पारंगत नहीं" बताते हैं।

अब वह पैंतीस साल से अधिक समय से अपनी पत्नी डॉ. एनी जॉर्ज के साथ अपने गांव मल्लास्सेरी में अपने नवीनीकृत पैतृक घर में रहते हैं। उन्हें एक बेटा, एक बेटी, एक बहू और दो प्यारे पोते-पोतियां हैं।

स्वीकृति

मैं निम्न के प्रति अत्यधिक आभार व्यक्त करता हूं ....

मेरा पूरा परिवार -समर्थन और प्रोत्साहन के लिए- विशेष रूप से मेरी पत्नी, डॉ. एनी जॉर्ज, जिन्होंने रसोई में मेरी नाम मात्र भागीदारी को सहन किया।

मेरे संपादक - मेरी चचेरी बहन **सुश्री कुरियन मौली,** मेरी भाभी **सुश्री अचम्मा मैथ्यू,** और मेरी बेटी **सुश्री अनु टी थॉमस।** उनकी गहन छानबीन के बिना, इस पुस्तक में अनेक त्रुटियाँ रही होतीं!

बुल्गारिया की मेरी प्रिय मित्र **सुश्री लिलियाना गांडेवा,** जिन्होंने प्रथम हस्तलिपि से ही नियमित रूप से योगदान दिया।

मेरे गुरु-**श्री सोम बाथला,** जिन्होंने मुझे लेखन, प्रकाशन और लॉन्चिंग पर स्पष्ट मार्गदर्शन दिया।

सुश्री श्वेता समोटा, जिन्होंने पूरी यात्रा के दौरान मेरा हाथ थामा। उसके बिना, यह किताब आधी भी दिलचस्प नहीं होती।

सुश्री नूपुर धींगरा जिन्होंने इस पुस्तक को हिन्दी में अनुवादित किया।

श्री सुभाष चंद्र शर्मा, मेरे लेखक मित्र, जिन्होंने इसे व्यवस्थित रूप से संपादित किया और मुद्रित संस्करण का स्वरूप दिया।

श्री रंजीत जोस, जिन्होंने मेरी पेंटिंग पर काम कर एक खूबसूरत बुक कवर तैयार किया।

मेरे सभी दोस्त और पूर्व सहपाठी जिन्होंने मेरे सभी प्रयासों में हमेशा मेरा समर्थन किया है।

****